LE SÉDUCTEUR DANS LE NOIR
Tome I

Morgan Elhgeatoch

LE SÉDUCTEUR DANS LE NOIR
Tome I

Roman

Retrouvez l'autrice sur son site internet :
https://morganelhgeatoch.com

© 2021, Morgan Elhgeatoch

Édition : BoD – Books on Demand,
info@bod.fr

Impression : BoD – Books on Demand,
In de Tarpen 42, Norderstedt (Allemagne)
Impression à la demande

Numéro ISBN : 978-2-3223-7610-0
Dépôt légal : décembre 2021
Nouvelle édition : janvier 2024

Prologue

Dans la vie de tous les jours la peur, la sûreté, l'ignorance, la connaissance, la différence, l'intuition, la superstition… ont toujours existé. Certes, l'Explicable n'a pas toujours existé.

I
Trouble-fête

Nous nous trouvons dans les alentours des années deux-mille-dix aux États-Unis, dans une magnifique villa située à Seattle. Nous sommes en plein printemps. Un couple, dont Cassy et Julian, s'apprêtait à célébrer l'anniversaire de leur rencontre. Dans quelques heures à leur domicile, ils recevront des amis.

Cassy était une jolie blonde platine, âgée d'une vingtaine d'années. Elle était coiffeuse et étudiante à l'université. Le beau Julian également vingtenaire, lui avait déclaré vouloir devenir son futur époux.

Cet après-midi, la dulcinée préparait de bons petits plats et réfléchissait sur le rangement des apéritifs pour ses invités ; tandis que son fiancé classait ses CD de musiques préférées.

On frappa à la porte. Cassy alla ouvrir. C'était Lana, sa meilleure amie. Elle était venue l'aider.

« Salut, je suis venue comme prévu ! s'exclama Lana.

— ... Bonjour... Je t'attendais pour une préparation, enchaîna Cassy.

— Je t'ai apporté trois champagnes et une tarte à l'orange. »

Il était convenu que chaque invité vienne avec une petite collation, une boisson, des apéritifs ou des friandises...

Plus tard, la maison débordait de jeunes. De la musique avait déjà envahi le calme sous de la lumière et des bavardages, allant dans tous les sens. Des friandises et des coupes de boisson, se multipliaient à l'arrivée de chaque invité. Il y avait beaucoup plus de parole que de danse. La majorité des invités étaient des étudiants d'une même université.

Ainsi, la foule était en fête. En moyen d'une improvisation chorégraphique de hip-hop, un des amis de Julian s'étant légèrement soûlé, avait envahi le centre de la salle de séjour. Le danseur avait réussi alors à réduire les bavardages de la festivité. Cependant, Cassy ressentant un malaise de jalousie, se mit à surveiller Julian en train de boire en côtoyant sans plus ni moins, des filles aguicheuses. Elle commençait à regretter d'avoir organisé cette soirée. L'angoisse la poursuivit à tous les coups. Alors, Julian inquiet ayant remarqué sa dulcinée, abandonna sa petite assemblée d'ensorceleuses. Il alla donc rencontrer sa bien-aimée pour l'embrasser et lui tenir désormais compagnie...

Alors que la soirée battait son plein, parmi les invités, une femme poussa un cri strident. Elle avait aperçu à travers une vitre d'une fenêtre, un jeune homme au teint blanchâtre, éclatant et au regard perçant, la fixant des yeux. L'aspect du personnage l'avait beaucoup marquée. Pourtant, apparemment aucun invité n'aurait vu ou remarqué cet inconnu...

Le cri de la jeune fille était si alarmant, que tout le monde fut défailli d'effroi. Julian et ses amis accourant vers la fenêtre, ne virent personne. Alors ils sortirent et ne découvriront rien du tout dans le jardin, à part la lune gibbeuse et une petite lampe publique, essayant d'éclairer au mieux les lieux déserts, avec les quelques arbustes et plantes sombres du jardin.

Cassy apporta un verre d'eau à la jeune fille perturbée, par ce qu'elle aurait vu. La « terrifiée » s'était frustrée dans les bras de Warren, son concubin et meilleur ami de Julian. Elle se plaignait :
> « Vous ne l'avez pas vu ! Si vous l'aviez vu ! J'espère que c'est parce que j'ai bu trop d'alcool.
> — Comment était-il ?

lui demanda Cassy.
> — Il avait semble-t-il, des cheveux longs et très noirs... un teint très éclatant et laiteux. Et il était si attirant... Mais ce n'est pas ça qui m'a effrayée. C'est son regard et son aspect... peut-être ce qu'il dégage.
> — Lewis et Julian sont sortis... Ils n'ont rien vu. »

Lewis était un des invités et des connaissances de Julian.
> « Ce qui est certain, c'est qu'il a quasiment réussi à gâcher ma soirée parce que j'ai peur et je voudrais rentrer au plus vite,

fit la femme perturbée.
> — Alors partons », enchaîna son compagnon.

Ainsi, le couple prit congé et partit. Julian était bien peiné de voir Warren s'en aller ; parce qu'il se sentait très proche de lui. C'était son ami d'enfance, qu'il pouvait considérer comme son frère.

Aussi, Julian avait une sœur cadette qu'il aimait beaucoup. Elle se nommait Tamara. Tout en résidant en France, elle lui faisait des confidences... enfin, ils communiquaient entre eux, assez fréquemment.

Or, dans notre soirée, les invités qui apparemment n'avaient point vu cet authentique trouble-fête, continuèrent de s'amuser néanmoins, avec une mine d'anxiété, tant la jeune fille les avait choqués de son cri et de son comportement, trop convainquant. C'était comme si une peur soudaine s'était emparée de chaque invité. Il n'y avait plus de danse... L'inquiétude avait réduit la foule à causer en grimaçant, de temps à autre...

Et beaucoup plus tard vers les cinq heures du matin, tous les invités étaient déjà partis, à part Lana qui à moitié fatiguée, continuait à aider Cassy et Julian à mettre un peu d'ordre, dans la salle de séjour...

Cassy, morte de fatigue, lui proposa ensuite de dormir sur le divan. Lana accepta.

Le couple était monté s'endormir dans leur chambre. Ainsi, les trois amis s'étaient reposés durant toute la matinée, jusqu'à midi...

Vers quinze heures, Warren écrivit un texto à Julian. Plus tard après seize heures, Lana prit congé...

Cassy s'engagea à discuter avec son fiancé :

« Ne pourrais-je pas te poser une question ?

– Oui, c'est quoi ?

répondit Julian.

– Pourquoi t'es-tu laissé draguer par les allumeuses ?

– Draguer ? Par qui ? Tu te fais des idées. Je te conseille de me laisser tranquille ; je parle à qui je veux, quand je veux.

– Tu sais pourtant comment l'une d'entre elles, a pu

séparer un couple !
— Je sais qu'elles peuvent être dangereuses ou du moins, si le couple n'a pas de lien solide. Mais je t'ai promis que je ne te quitterai jamais... sûrement pas pour ces filles... »

Mais il fut interrompu par un signal téléphonique de son portable. Apparemment, il s'agissait d'une communication qu'il attendait. C'était un appel de son meilleur ami. Julian expliqua à sa dulcinée :

« Excuse-moi Cassy, mais je dois décrocher, c'est Warren. Il m'avait averti déjà de son appel. »

Warren se trouvant à l'autre bout du fil, se tenait près de sa compagne qui dormait paisiblement. Il dit :

« Désolé que ça soit passé ainsi, mais je devrais partir avec Olivia », puisque sa compagne, celle qui avait été perturbée après avoir aperçu le mystérieux jeune homme, se nommait Olivia.

« Si je t'appelle maintenant, c'est parce qu'elle m'a fait très peur. Je ne l'avais jamais vue comme ça, pour tout te dire,
continua Warren.

— Que t'a-t-elle raconté et surtout comment va-t-elle ? lui demanda Julian.

— Elle vient tout juste de s'endormir, à cause de la fatigue. Quasiment toute la nuit, elle n'a pas cessé de me parler de l'individu qu'elle a vu.

— Elle a dû être bien choquée.

— Je pense qu'elle a été tétanisée par son regard, son aspect... J'ai bien peur qu'elle ne puisse pas s'en remettre,
expliqua Warren déprimé.

— Non... Euh ! Tu exagères. Ne t'inquiète pas... ça ira...

Je pense que c'était peut-être un des invités qu'elle n'a pas su reconnaître. Et qu'avec la lumière et le champagne... ça lui ait fait un drôle d'effet. Nous passerons vous voir plus tard.
- Oui, donc à ce soir. » Et on coupa la communication.

Julian avait réussi à rapaiser la jalousie de sa dulcinée. Il demanda à celle-ci :
« Tu comptes bouffer quoi ce soir ?
- Une pizza,
répondit Cassy, qui était en train de lire une revue.
- Nous sortons ce soir, nous allons voir Warren et Olivia,
annonça Julian.
- Je pensais justement à elle. Je me serais transformée en une petite souris, rien que pour savoir ce qui l'aurait mise, dans cet état...
- Remarque que si tu es fatiguée, tu pourras rester. Et tu pourras toujours nous contacter...
- Non, je viendrai. Je tiens à entendre ce qu'elle a réellement vu... »

Il devrait être dix-neuf heures, Julian et Cassy étaient en train de rendre visite à leurs amis. Olivia était une ravissante brune, dotée d'une douceur incomparable et Warren était un beau et séduisant jeune afro-américain.
Autour d'une table, les deux couples s'entretenaient. Et Olivia étant considérée ce soir là comme une reine fragile, raconta sa troublante histoire :
« J'étais là tranquillement en train de boire quelque chose... je pense que c'était du chaudeau, en tous

cas, ce n'était pas de l'alcool ! J'ai eu l'idée de jeter un petit coup d'œil, à la fenêtre... je précise bien que j'avais écarté les rideaux ! Peu de temps auparavant, j'avais bu un peu de champagne... la moitié d'une coupe... Et à travers la fenêtre après avoir écarté les rideaux, je n'avais rien vu... à part l'arbre à côté de la clôture. Après le passage du vent, les branches de cet arbre s'étaient secouées et j'ai vu un homme au teint blanc diaphane. Je ne sais ni comment, ni pourquoi, il est apparu. Peut-être était-ce le vent qui l'avait amené ? Et quand le vent avait soufflé une seconde fois, puisque j'ai vu les plantes bouger à nouveau, le jeune homme avait disparu d'un seul coup, à mes yeux. J'aurai aimé croire que c'est la coupe de champagne qui m'ait joué un vilain tour. Mais je ne le pense pas. Je ne bois pas d'alcool, habituellement. Pourtant c'est bien ce que j'ai vu. Ce jeune homme me fixait des yeux comme s'il voulait pénétrer dans mes pensées. Je n'arrive pas à oublier cet épisode. Je ne peux pas oublier cette vision. Moi personnellement, je n'avais jamais vu cet homme auparavant. Je vous assure que je vous ai dit exactement tout ce que j'ai vu... ou cru avoir vu...

— On veut bien te croire,

dit Warren,

un homme qui apparaît ou qui disparaît après une brise ! Ton histoire est incroyable.

— Je ne pense pas que le champagne y soit pour quelque chose. Et en plus, tu n'es pas accro à l'alcool. Je peux comprendre pourquoi tu es si perturbée et surtout effrayée...

interpella Julian.

— ... Moi, je voudrais savoir si quelqu'un d'autre aurait

vu ce personnage... »
coupa Warren, l'air inquiet et réfléchi...
« Peut-être que tu n'es pas la seule à l'avoir vu ! »
continua-t-il.

Et trente minutes après avoir longuement réconforté et soutenu Olivia ; Julian et Cassy rentrèrent chez eux toutefois, avec une mine anxieuse. Dès leur arrivée, alors qu'ils devraient s'apprêter à se détendre devant une série télévisée, en dînant, Julian alla se mettre à l'écart. Il appela Warren, car il le lui avait secrètement promis un appel, afin de parler plus profondément et... sereinement, d'Olivia.

« Sérieusement, je ne veux pas croire qu'elle soit devenue folle,
dit Warren.
- Cependant, malheureusement, il va falloir que tu te poses sérieusement la question. Mais moi de mon côté, je pense qu'il y a bien une autre explication. Je vois et je connais Olivia, elle a toute sa tête... donc il devrait y avoir une autre explication. Peut-être serait-ce tout simplement de la fatigue ou un effet secondaire d'un médicament »,
répondit Julian. Et il continua d'un air décisif :
« Bon je vais te laisser... Et surtout, sois tranquille ! et dors bien. Mais n'hésite pas à me rappeler, à la moindre anomalie.
- C'est d'accord. »
Les deux amis coupèrent leur communication. Et Julian alla rejoindre Cassy en train de dîner, en se divertissant devant son écran... Le couple finit par passer tout de même une bonne soirée, en s'éclatant devant une de leurs séries télévisées favorites ; même si chacun portait une marque indélébile... d'angoisse.

II
Près du mont Shuksan

Deux mois après, lors d'un petit matin du mois de juin, Lana et quatre amis étaient sortis. Il était question de faire une randonnée dans le parc national des North Cascades, à proximité du mont Shuksan. Étant donné qu'ils savaient qu'il allait faire beau et que le soleil serait radieux, Lana et certaines de ses connaissances avaient organisé cette longue sortie avec pique-nique, du côté de cet espace montagneux. Cassy de nature jalouse, avait décliné leur invitation, puisqu'elle préférait rester « seul à seul » avec son fiancé, Julian. Lana était accompagnée de Julia, une de ses collègues et trois jeunes hommes dont David et deux frères jumeaux se nommant Dylan et Leny. Le groupe avait un point commun, l'amour de la nature et du silence. Partir en randonnée ou méditer de temps en temps au pied du mont Shuksan, notamment en période estivale, était pour eux un moyen de détente leur permettant d'oublier tous les stress, ayant été contractés, dans le monde urbain.

Les membres de l'équipe étaient arrivés presque séparément en véhicule, sur les lieux d' « accueil » ou « parking ». Il devrait être environ dix heures du matin ; la petite assemblée s'était alors réunie à proximité de Picture Lake. Mais on pouvait suivre un ou des voies agrestes longeant ou sinuant un splendide bois, occupé de conifères...

Cette forêt enchantée se reposait au pied de la montagne grise, parsemée de neige... de « glace », tel un gâteau partiellement saupoudré de sucre glace. Et comme prévu, le soleil était bien au rendez-vous. Le surprenant liquide miroir Picture Lake, reflétait les proximités du mont... La végétation était aussi mirifique, que resplendissante.

Cependant, nous nous trouvons dans un lieu public et il y avait non loin de notre équipe, une assemblée de trois hommes se préoccupant scrupuleusement de leurs équipements d'alpinisme. Apparemment, faisant partie des randonneurs les mieux expérimentés du jour, ces alpinistes s'apprêteraient à escalader le mont ; tandis que notre groupe composé de Lana, Julia, David, Leny et Dylan, s'était limité à la pratique d'une randonnée au niveau de la basse altitude, du côté du pied du mont, peuplé de conifères.

Étant une élégante vingtenaire, Lana n'était pas étudiante et elle exerçait la profession de vétérinaire. Même si celle-ci côtoyait Cassy... elles n'étaient que de fausses meilleures amies. Quand la pointe de jalousie de Cassy pouvait atteindre la surface, leur amitié pouvait se terminer en surface... Lana était une authentique jeune fille réservée et plutôt romantique. Elle possédait une beauté rare. D'ailleurs un grand nombre d'individus appréciaient ses cheveux frisés châtain roux-jaunâtre, ensoleillant son visage aux traits fins et délicats. Cassy avait tendance à l'envier et à la craindre, puisque sa rivale n'ayant pas encore trouvé l'âme sœur, pourrait trouver une place dans son couple. Cassy l'aimait un tout petit peu seulement parce que Julian avait soi-disant insinué un jour, sans réfléchir, qu'il ne supportait pas les femmes-enfants trop romantiques...

Toutefois, le défaut de Lana provenait du fait qu'elle était difficile et qu'à la suite d'une déception amoureuse, elle cherchait à se préserver de toutes relations qui pourraient selon elle, lui être malsaines. Elle s'était éprise auparavant, d'un homme qui malheureusement s'était déjà engagé. Elle avait essayé de nouer des liens avec lui. Mais celui-ci se contentait de lui répondre en profitant d'obtenir de sa part, tout ce qu'il voulait. Et quand il se souvenait qu'il n'était pas libre ou qu'elle n'était pas la véritable élue de son cœur, il la faisait souffrir en la rejetant sans vergogne. Cet homme avait disparu, sans lui donner signe de vie depuis plus de trois ans. Tout comme elle, cet individu aimait les randonnées et il était alpiniste. La toute dernière fois qu'ils s'étaient rencontrés : c'était du côté du Mont Baker. Dans le parc, alors qu'ils se trouvaient seuls près de Mazama Lake, ils eurent une violente dispute et elle avait rebroussé chemin, en abandonnant son « amant »... tenu dans le secret.

Mais là, du côté du Mont Shuksan ; entourée de ses quatre amis, elle était désormais heureuse de l'avoir oublié. Et elle ne souhaitait plus vouloir le rencontrer. Elle ne l'aimait plus encore... Son cœur s'était déjà cicatrisé, complètement libéré.

Près de ce mont, on avait la possibilité de se détendre sur une pelouse sauvage, presque chauve, assez rocailleuse. De là, on pouvait observer une portion de la population de conifères pouvant s'associer à l'esprit impénétrable de cette montagne grise. Toutefois, celle-ci laissait refléter ses taches blanches lumineuses et spirituelles.

Après un moment de marche sur des passages agrestes et étroits, notre équipe s'installa sur un espace dégagé partiellement dégarni, bordé d'une intersection qui séparait deux voies. À partir de ces chemins et en observant l'espace, on pouvait observer une continuité du terrain se limitant peu à peu, par une occupation de conifères majoritairement sombres. Ainsi, on discernait une partie de la forêt dissimulant de délicats monts d'ombre et de lumière.

L'équipe faisant une pause... allait se ravitailler. Leny et David en profitèrent pour essayer de capter la radio, si possible à partir de leur portable, en scrutant minutieusement les environs. Lana et Dylan écoutèrent leur musique préférée en partageant entre eux avec gentillesse, des céréales ; tandis que Julia se contentait de scruter avec sa paire de jumelles, le paysage lointain, notamment les monts. Elle crut avoir reconnu le mont Baker...

Plus tard, après un repas de pique-nique, nos randonneurs continuèrent leur marche en suivant les voies grisâtres et rocailleuses. Plusieurs minutes passèrent et le groupe avait décidé de faire une autre pause, sur un espace encore plus élevé, puisqu'on pouvait maintenant contempler certaines pentes et précipices, occupés de conifères... ayant pris maintenant l'aspect, d'épaisses harmonieuses longues laines hérissées, plus ou moins sombres, pouvant par endroits tapisser délicatement, les basses altitudes et quelques bordures des monts.

À partir d'un magnifique terrain élevé, on pouvait contempler facilement le mont Shuksan. De même on pouvait apercevoir de temps à autre, l'onctueux et obscur mont Baker. Celui-ci était parsemé de « glace » blanche d'aspect, velouté.

Durant quelques heures, le groupe occupait un espace pour se détendre et s'amuser en contemplant de loin, les deux séduisants monts. Bien qu'il ait été convenu que chaque membre ne devrait pas décharger par mesure de précaution, la totalité de la batterie de leur téléphone, il avait été décidé en plus, que l'un d'entre eux préserve un portable en cas de besoin de secourisme, s'il survenait un accident. David s'était montré volontaire puisqu'il possédait deux téléphones ; ainsi il avait amené avec lui un autre, chargé et préservé. Toutefois, il a été supposé bien sûr, qu'aléatoirement les émetteurs dysfonctionneraient à cause d'un éventuel problème de transmission...

Beaucoup plus tard il devrait être un peu plus que dix-sept heures, on décida de partir, de rentrer chez soi, mais aussi de songer heureusement à réfléchir sur un nouveau programme, pour une autre éventuelle randonnée.

Sur le chemin du retour, on commençait à discuter de cet inquiétant trouble-fête étant survenu lors de la soirée organisée par Julian et Cassy. Julia qui avait quitté le lieu de cette réjouissance avant l'évènement, demanda à Lana et à David ce qui s'était passé ; puisque Dylan et Leny ayant été présents au moment des faits, lui avaient trop superficiellement relaté le petit coup de tonnerre.

David lui révéla, l'air songeur :

« Je ne sais pas ce que je devrais croire ou comprendre, mais je t'assure qu'elle nous a tous effrayés.

— Mais qu'est ce qu'elle a comme ça ?

insista Julia.

— Elle disait avoir vu un homme d'une vingtaine d'années environ, qui la fixait des yeux. Jusque là, il n'y a rien d'étonnant. Le grand problème, c'est qu'elle va

jusqu'à nous raconter que ce mec aurait subitement disparu à ses yeux, comme un fantôme. Peut-être, nous avait-elle dit ça pour nous surprendre ou bien pour rentrer chez elle, plus tôt que prévu...
raconta David. Et à ses mots, Dylan intervint :
- L'autre problème c'est que je connais très bien Olivia. À ma connaissance, elle est saine d'esprit.
- Je pense qu'elle a été étourdie. Mais contrairement à ce que tu dis Dylan, il se pourrait qu'elle serait en train de perdre la tête. Ou bien, tu ne sais pas si elle ne fume pas du pétard ou de l'herbe, quand on ne la voit pas. Penses-tu qu'elle dira à nous tous, qu'elle fume du cannabis ? Non. Elle ne le nous le dira pas, mais étant une fille sensible, elle pourrait nous le prouver. Soit elle est folle... soit elle fume du pétard,
insinua David.
- Ne parle pas d'elle de cette façon. Olivia est une femme saine d'esprit et de corps et je ne comprends pas pourquoi elle oserait goûter à ces genres de trucs, à moins que ce soit Warren qui l'ait entraînée,
rétorqua Dylan, le plus calmement possible.
- Je sais très bien que Warren ne s'intéresse pas à ces genres de choses... »
intervint Lana, avec empressement.
« Autre chose,
reprit-elle, une minute après,
contrairement à ce que tu dis David : Olivia a été effrayée par son aspect et son regard ; le fait qu'il ait disparu, ne prend pas plus de poids, d'après ce qu'elle a rapporté à Julian et Warren. Ce qui nous amène à conclure que le fait que cet homme ait disparu, pourrait être qu'un effet d'étourdissement. Enfin...

c'est ce que je pense...
— Finalement ça me rassure un peu,
fit Julia, l'air ravi.
Mais qui était cet homme ? Faisait-il partie des invités ?
— Non,
répondit Lana,
en tous cas d'après Julian, il dit ne pas le connaître, s'il s'appuie sur les signalements mentionnés par Olivia. »

Enfin, le groupe arriva à l'« accueil » du parc, là où se trouvaient stationnés également leurs véhicules... Après avoir pris congé en se faisant des signes et en s'embrassant amicalement, ils allèrent quitter les lieux. David emmena avec lui à bord de son quatre-quatre, Dylan et Leny ; tandis que Julia et Lana rentrèrent chez elles séparément, à bord de leur jolie décapotable.

III
Un accroc

    Nous sommes en début de semaine. Julian s'était absenté de bonne heure depuis six heures du matin. Il était alors déjà parti travailler. Il était photographe et travaillait dans une agence de mannequins.
    Quant à Cassy, elle était encore plongée dans son sommeil. Il devrait être dix heures du matin, elle s'en voulait beaucoup de ne pas avoir réussi à se réveiller, plus tôt. Elle aurait eu la possibilité de fouiller dans le portable de son compagnon, pendant que celui-ci se trouverait sous la douche. Elle faisait souvent semblant de dormir, afin de disposer d'une vingtaine de minutes pour lire les messages suspects de son fiancé, qui occuperait alors la salle de bain.

    Or vers les onze heures du matin, elle s'était déjà lavée, pomponnée... Elle devrait sortir dans l'après midi, pour ses rendez-vous avec deux clients, à partir de quinze heures ; puisqu'elle était une coiffeuse employée, d'un salon de coiffure. Si ses premiers contrôles de textos associés à Julian avaient échoué, du fait qu'elle n'ait pas su se lever à temps ; ses recherches grâce à son ordinateur, ne lui ont pas échappé. Elle s'était notamment inscrite dans les réseaux sociaux pour mieux l'épier...

Cassy avait pratiquement toutes les raisons pour ne pas avoir confiance en Julian, puisque non seulement il travaillait dans une agence de mannequins, il n'hésitait pas à admirer ou à aguicher les jolies filles, devant elle. Mais alors, elle devrait bien se demander ce qu'il adviendrait, pendant qu'elle s'absenterait.

Julian savait que Cassy fouillait dans son portable, mais il préférait faire celui qui n'avait rien vu. Il espérait qu'elle finirait par changer ; mais rien ne changea. Et sereinement, discrètement, jour après jour, il continuait à se poser d'innombrables questions... si bien qu'il commençait à se demander s'il n'aimait pas plutôt, la femme que Cassy aurait pu être.

Ainsi, on pouvait dire que leur histoire d'amour était en train de battre de l'aile, dans la plus grande discrétion. Toutefois, Julian étant un homme qui possédait beaucoup de volonté, n'était pas un dépendant affectif. Si sa compagne l'envoyait au diable après une dispute, ça ne l'ennuierait pas du tout. Il pouvait se consoler bien vite des mauvaises humeurs de sa dulcinée. Et évidemment, les disputes provenaient souvent des crises de jalousie de cette dernière. Pourtant, Julian l'avait toujours rassurée, mais les arguments restaient inutiles. Et pouvait-il arriver que Julian soit jaloux ? Oui, mais beaucoup moins. Il avait des limites. Par exemple, il n'allait point quotidiennement fouiller dans les messageries de celle qui partage sa vie. Mais si une occasion le lui permettait, en tombant par pur hasard sur un appel inconnu, il en profiterait pour en savoir plus, sans plus, sans suite...

Si officiellement la meilleure amie de Cassy était Lana, sa sœur de cœur était plutôt Valera sa collègue, une coiffeuse. Avec celle-ci, elle pouvait parler de tout. Cassy utilisait Lana en tant que statue et elle pouvait aussi bien dire du mal sur son physique, que sur son comportement. Valera étant la véritable copine sincère mais cachée de Cassy, n'était pas réellement connue de Julian. Celui-ci pensait qu'elle était qu'une très bonne connaissance de sa fiancée. À vrai dire, Valera et Cassy étaient devenues les meilleures amies du monde, avant qu'elles ne s'en soient elles-mêmes, rendu compte. C'étaient deux femmes qui renfermaient les mêmes sensibilités, mêmes goûts, mêmes envies... Mais si leur relation amicale était restée secrète, c'est parce que Valera étant également de nature jalouse, traînait encore d'après elle, les clichés des conséquences de sales tours d'un garçon, qu'elle avait déjà rencontré. Cette trace de sa mésaventure ne s'était pas tout à fait dissipée avec le temps. Elle pensait que cela pouvait nuire à la réputation de Cassy. Donc il fallait attendre le moment propice, après un bon refroidissement des effets, pour que les deux meilleures amies se montrent désormais ensemble au grand jour. Ainsi elles se voyaient souvent en cachette. Et Cassy assumait cela sans détour... tant elle faisait confiance et tenait à sa vraie meilleure amie, qu'elle aimait beaucoup.

Valera étant d'origine colombienne, avait épousé un homme bien plus mûr qu'elle ; il était son aîné de dix-huit ans. Mais, tout comme Cassy le faisait à Julian, Valera fouillait dans le portable de son mari, elle vérifiait ses messageries... Cependant, son conjoint se nommant Dimitri, appréciait son comportement, parce qu'il considérait cela comme étant une preuve d'amour. Ce séduisant époux et très bel homme aux cheveux châtain clair et aux yeux verts, était d'origine mexicaine. Il était âgé d'une trentaine d'années et était fou de

Valera qu'il chérissait. Ainsi, il y avait un monde entre Julian et Dimitri.

En outre, étant doué pour la photographie et le filmage, disciplines pratiquées et affectionnées depuis son enfance ; Julian avait réalisé au cours de son adolescence, des tournages de deux ou trois longs-métrages privés d'une durée d'une à une heure trente. Il était en fait tellement passionné de photographie, qu'il alla jusqu'à en faire son métier. Il concrétisa alors son rêve, en côtoyant un monde différent, peuplé d'hommes et de femmes mannequins plus ou moins élégants, qui savaient s'afficher à distance en moyen de leurs images, leurs élégances... à travers parures et vêtements. Il pouvait voir des filles minces et très belles. Cependant, pour des raisons strictement personnelles impliquant ses propres goûts, sa personnalité et surtout ses impressions ; les femmes mannequins seraient incapables de rentrer dans sa vie sentimentale. Effectivement, ces genres de femmes ne lui plaisaient point, puisqu'il ne trouvait point chez elles, ce qu'il recherchait généralement, dans la gent féminine.
Finalement, il préférait voir physiquement sa Cassy et certaines autres jolies filles en dehors de ce monde de la mode.

Il devrait être un peu plus que dix-neuf heures, les supposés fiancés se trouvaient déjà chez eux. Cassy se démaquillait le visage en écoutant sa musique préférée, avant de prendre une petite douche. Quant à Julian, il était déjà à la maison depuis treize heures, puisqu'il travaillait ce jour là à mi-temps, notamment dans la matinée ; de sept heures trente à douze heures. Il s'était alors mis à l'aise pour se divertir devant un jeu d'échec en ligne. C'était un de ses passe-temps favoris. C'était presque comme s'il jouait contre un ordinateur, puisque son adversaire serait de toutes les façons, invisible...

Alors qu'il venait d'être satisfait d'avoir gagné une partie, il devrait être vingt heures, Cassy l'observait et essaya de partager son enthousiasme. Cependant, peu à peu elle se posait des questions sur l'objet d'un texto qu'elle aurait découvert très récemment. Le nom du correspondant l'avait en quelque sorte tourneboulée. Elle dit à Julian :

> « Je suis entrée dans ta messagerie et j'ai vu le SMS d'une femme. Je ne l'ai pas ouvert. Mais pourrais-tu tout de même me dire qui est cette femme ?
> – Qu'est-ce que ça peut te faire ? C'est une de mes collègues, sans plus ni moins,

répondit-il soudainement en levant la voix.

> – Il me semble t'avoir déjà fait comprendre que je ne veux pas que tu te lies avec d'autres filles...
> – ...Tu peux me dire tout ce que tu veux. Mais moi, je fais ce que je veux. Fiche-moi la paix,

coupa et rétorqua Julian, violemment.

> – Si jamais tu ne changes pas, je te quitte !
> – Et bien vas-y !!! »

Désarmée et humiliée, ne sachant plus quoi dire, elle courut s'enfermer dans la chambre, se jeta sur son lit et fondit en larmes.

Elle était de plus en plus malheureuse quand elle découvrait malgré tous ses efforts, quelques bribes d'apparitions de messages destinés à son fiancé. Elle pouvait découvrir notamment, des courriers électroniques de certains mannequins, majoritairement des femmes. Certaines filles devraient le contacter de temps à autre pour confirmer ou prendre un rendez-vous pour des séances photos ; sans parler d'éventuels renseignements utiles. Noyée dans son chagrin, elle finit par s'assoupir. Trente minutes après, à partir de la salle de séjour, Julian l'appelait. À son réveil, elle commençait à entendre de la part de son fiancé quelque chose comme :

« ... Que fais-tu ? Tu viens ? Qu'est ce que tu fais, Cassy ?

hurlait-il. Elle finit par lui répondre de « vive » voix :
— Je descends, je descends. »

Mais avant de quitter la chambre, elle vérifia scrupuleusement qu'il n'y ait plus de traces de larmes sur son visage ravagé de mélancolie. Et elle essaya de récupérer une mine fringante.

Plus tard, le couple discutait d'un peu de tout ou de rien. Mais Cassy se peinait à mettre de côté l'incident, concernant la découverte du texto. Tandis que Julian se posait de plus en plus de questions. Il se souciait de ce qu'il adviendrait de l'état de santé de leur relation, s'il s'était déjà marié, du fait que Cassy s'était pratiquement métamorphosée avec le temps, en une véritable petite « détective privée ». La Cassy qu'il avait rencontrée et qui l'avait tant enflammé, s'était éteinte.

IV
Au Mont Baker

Du côté de la chaîne des Cascades, une équipe de quatre hommes, alpinistes était sur place. Leur objectif était d'escalader le mont Baker. En suivant un chemin agreste, ils traversèrent alors la forêt partiellement enneigée et enchantée, avoisinant ce mont volcanique. Les lieux étaient essentiellement peuplés de conifères. On pouvait également croiser les eaux limpides des torrents, se laissant glisser avec nonchalance sur un sol oblique, rocailleux et gris. En s'approchant du mont, il se déployait peu à peu à l'arrière de l'équipe, une pente couverte d'un tapis vert, nuancé de brun et orné de taches blanches. Et surtout en observant les basses altitudes, on pouvait apercevoir les sommets laineux de la population verte, non mobile mais suffisamment résistante...

Le groupe continuait leur randonnée en suivant un chemin ascendant rocailleux et gris, couvert de cendre, ce qui contrastait merveilleusement avec une pelouse verte et éparse, partiellement chauve. Puis l'équipe décida de faire une pause, puisqu'elle devra continuer à gravir une autre partie du mont.

Après leur ascendance, ils arrivèrent sur les lieux idéals pour y dresser leurs tentes. Ils en montèrent deux.

Ainsi, les hommes se détendirent et dînèrent en contemplant paisiblement le paysage et le mont... Puis ils commencèrent à préparer leur équipement, avant de se reposer pour s'endormir. Ils étaient tous les quatre, passionnés d'alpinisme et de la nature. Ils devraient se lever vers six heures du matin, pour continuer la préparation de l'escalade du mont. Deux garçons occupaient chaque tente, installée côte à côte.

Il devrait être un peu plus d'une heure du matin, les hommes étant si fatigués, s'étaient déjà plongés dans un profond sommeil, mis à part l'un d'entre eux qui s'était prématurément réveillé. La nuit dégageant de la fantasmagorie montrait l'infinie nitescence d'un firmament, avec d'indolents mouvements nuageux.

Celui qui s'était réveillé avait cru entendre du bruit dehors, à proximité de leurs tentes. Il pouvait s'agir d'une branche d'arbre arrachée et emportée par le vent, pensait notre randonneur ; puisque lors de leur déplacement, il pouvait arriver que l'on trouve au niveau du sol, des branches ou des troncs d'arbres... Cette idée avait rasséréné notre campeur. Mais environ trente minutes après, le bruit reprit et puis... plus rien. On aurait dit des bruits de pas très lents, sur la neige. Notre peureux finit par s'inquiéter. Cependant il préféra ne pas réveiller près de lui, son « voisin » qui semble-t-il, s'était beaucoup trop enfoncé dans un sommeil tellement paisible. Il se résout alors à se lever pour aller observer très discrètement, à travers une infime ouverture de la tente. Il était beaucoup trop apeuré pour ouvrir totalement... ou sortir... Mais à cause des limites du champ de vision, il ne put voir grand-chose et après tout, le bruit avait cessé. La peur au ventre, il referma la petite ouverture avant de se rallonger pour s'envelopper complètement, dans sa couverture. Il ne savait que faire. Et il se demandait, si ce n'était pas ce bruit qui l'aurait réveillé, puisque son sommeil devrait être plus léger que celui de son coéquipier qui semblait si bien continuer à dormir... et dormir... Un instant après, ce même bruit semblait se rapprocher de sa tente, mais du côté où il s'était allongé. Il fut si effrayé qu'il eut peur de bouger, de crainte que l'éventuel visiteur inconnu, peut-être hostile, entende ses moindres faits et gestes. Heureusement que le coéquipier qui dormait à côté de notre randonneur terrifié, ne ronflait pas. Ainsi notre peureux se demandait pour lui-même, combien de temps allait-il pouvoir tenir, pensant qu'un individu probablement malveillant, rôderait près de leur tente. Il pensait que l'intrus pourrait les attaquer ou les assassiner tous, en utilisant par surprise une hache, afin de défoncer et de découper leurs refuges... Mort d'inquiétude et de fatigue, une somnolence nocturne parvint à retrouver notre alpiniste, qui finit par s'endormir.

Tout le monde se leva dans les six heures du matin. Parmi les quatre hommes, Cole rencontra des difficultés pour se lever. Il était celui qui avait vécu la mésaventure pendant une partie de la nuit. Ses trois autres coéquipiers se nommaient Liam, Kipling et puis Ryan. Ce dernier était celui qui dormait à côté de lui sous la même tente. Le groupe s'étant rassemblé, Liam demanda à Cole :

> « As-tu bien dormi ? Je te trouve bien las, toi qui es de nature, le plus résistant de nous quatre. Tu étais le plus vigoureux d'entre nous, hier. Tu n'es pas tombé malade... j'espère ?

— Non, mais je n'ai pas si bien dormi. Il me semble avoir entendu des bruits de pas, près de nos tentes, répondit Cole.

— As-tu vu ce que c'était ?

— Ben...euh... non, je ne sais pas, j'ai pris peur...

— Tu aurais dû me réveiller, répondit Ryan, l'air intrigué.

— Vraiment ? Et s'il n'y avait rien eu du tout ? lui demanda Cole.

— Tant pis, mais dans ces bois il faut s'attendre à ce qu'un vent violent emporte des branches d'arbres... expliqua Ryan.

— Il n'y avait pas de grand vent hier soir. J'ai bien vérifié la météo. La nuit devrait être calme. On ne nous a pas annoncé de tempête ou de forte brise », intervint Liam. Et d'un air indécis, il ajouta en s'adressant plus sereinement à Cole :

« J'espère bien que tu t'es fait des idées. Remarque qu'il aurait pu s'agir... que d'un animal... peut-être d'un ou de... plusieurs corbeaux. »

Mais après un temps de réflexion, Cole demanda à ses amis :

« Avez-vous trouvé au sol des traces de pas ? S'il s'agissait bien d'un animal, vous auriez pu découvrir quelque chose. En fait, ce que je ne vous ai pas dit : quand j'avais entendu le bruit, j'ai eu le pressentiment qu'il s'agissait d'un humain. Je ne sais pas pourquoi, mais mon intuition me dit qu'il s'agissait plutôt d'un homme, d'un individu...

— Moi, je n'ai rien remarqué au sol », répondit Kipling qui s'était levé le premier. Et en observant autour de lui la surface du sol, il ajouta :

« Remarque que ce n'est pas évident puisque des traces de pas, on en a déjà tous fait... À moins d'avoir remarqué des traces de sabots d'un cerf, d'une brebis ou d'autres empreintes non humaines. En tous cas cette nuit, nous continuerons notre ascension. Peut-être que s'il s'agissait d'un homme ou d'une femme, nous finirons bien par le savoir. Enfin peut-être ! »

Puisque Cole n'avait pas bien dormi la veille, on lui proposa de prendre environ une heure supplémentaire de repos, après avoir participé à la préparation. De toutes les façons, c'était la journée destinée à la détente et à des préparatifs, pour l'escalade du sommet. On avait dispensé Cole, de faire la cuisine. Ses amis comptaient s'occuper au mieux de son repas, pendant qu'il se reposerait tranquillement. Ces hommes étaient très solidaires entre eux, surtout en période de sortie ou en cas d'éventuel péril... C'étaient quatre amis d'enfance. Ils sont restés liés à cause de leur passion, tel l'alpinisme voire même, la nature.

Or, il avait été prévu de quitter le campement vers deux heures du matin. Ce qui se réalisa. Ainsi tout en restant liés à une corde de sécurité, les hommes s'étant bien sûr équipés, se déplaçaient en formant un rang, tout en se scindant en laissant quelques mètres de distance entre eux. Seule, leur lampe frontale éclairait leur passage, au cours de cette nuit d'aventure. Kipling se trouvait en tête. Beaucoup plus tard, il devrait être environ midi, le groupe avait déjà atteint le sommet tant attendu. Au niveau de la surface plane de ce lieu culminant, ils se donnèrent la main en signe de gloire et de réjouissance de leur réussite.

Beaucoup plus tard, alors qu'ils étaient arrivés à leur bivouac, l'équipe se contenta de dîner et de se reposer. Dès le lendemain matin, ils devraient décamper pour rentrer chez eux.

La nuit s'était plutôt bien passée, puisque aucun bruit de pas sur la neige, n'avait été entendu cette fois-ci ou du moins... lors d'un éventuel réveil prématuré, d'un de nos campeurs.

V
La forêt d'épicéas

Tamara, petite sœur de Julian, demeurait en France, à la campagne dans une splendide chaumière, dans le département du Jura, à l'Est. Sa résidence faisait partie de ce qu'il y avait de plus calme, avec de temps en temps, des chants d'oiseaux ou d'insectes. En sortant de sa maison, elle pouvait observer une autre partie de son terrain, plutôt éloigné et plutôt sauvage. C'était une forêt d'épicéas...

Étant donné que cette matinée était le commencement de l'été, on pouvait entendre alors le gazouillis des oiseaux. Assise tranquillement sur un rocher de son jardin, elle consultait avec attention, les appels de son téléphone.

Elle attendait tous les trois jours, les messages de Julian son demi-frère et meilleur ami... qu'elle adorait.

Aujourd'hui, était alors un de ces jours « j » de la réception des messages. Julian lui écrivit :

Salut ma chère Tamara. Comment vas-tu ?
Voudrais-tu être un des témoins, à mon mariage ?

« Bien sûr que oui », se disait-elle du fond du cœur. Il lui avait fait sa proposition lors de son dernier appel. Et avant que Tamara lui donne une réponse qui serait de toutes les façons positive, il lui avait recommandé de bien réfléchir. Tamara fut catégorique : elle répondit, oui...

Nous devons ajouter que Tamara était une ravissante métisse souvent coiffée à afro, grâce à ses longs cheveux crépus. Il y avait entre elle et son frère un point commun biologique, dont leur mère, une blonde platine d'origine alsacienne se nommant madame Nadine O...
Tamara n'était pas narcissique, mais sa devise disait : tant pis pour tous ceux qui n'apprécient pas mon physique.
Julian quant à lui, étant de type européen, était brun et très beau.

Certes Tamara vivait en concubinage avec un policier d'origine franco-britannique se prénommant Bryan, un ancien agent du FBI, qu'elle avait rencontré aux États-Unis, lors d'une enquête.
Cependant dans la matinée, son compagnon était sorti de bonne heure, à cause d'une toute autre affaire.
Après un copieux petit-déjeuner, Tamara se préparera pour aller pique-niquer à proximité de la forêt d'épicéas. Cette forêt était verdoyante. L'observer était un plaisir à cause de sa similitude avec le paysage mêlant le mont Shuksan, dans l'État de Washington aux États-Unis. Tamara se souvenait encore de cette montagne rocheuse lors d'une période automnale. Elle pensait encore à ce mont fragmentairement gris foncé ou blanc, avoisinant un espace boisé, partiellement tapissé de rousseur et d'or cuivre. Elle avait la nostalgie des conifères, tels des mélèzes... qu'elle avait observés lors de ses expéditions avec Julian, Bryan et

de simples connaissances. Elle songeait à cet espace dans lequel gisait, Picture Lake suffisamment limpide pour refléter une partie de la chaîne des Cascades, avec une végétation, dotée de couleurs enchantées.

En outre, en ce moment Tamara était en vacances. Elle exerçait le métier de professeur de danse classique. Durant ces jours de congé, elle en profitait pour savourer avec appétit la nature et le silence. Pour un pique-nique, vers midi, elle s'était installée à la limite de la pelouse de son jardin, afin d'être en face de la zone sauvage, qui n'était rien d'autre que la forêt d'épicéas...

VI
Qui est là ?

La nuit était déjà tombée quand après vingt-trois heures, Tamara regardait un téléfilm dans la chambre à coucher. Bryan était allongé à côté d'elle et demeurait trop saisi par la fatigue. Il se détacha, progressivement du programme télévisé... et finit par se plonger dans un assoupissement...

Vers les trois heures du matin, le paisible sommeil de Tamara fut interrompu par les agitations de leur labrador, Jo. Il a semblé que l'aboiement de celui-ci se situait derrière la chaumière. N'osant pas réveiller Bryan qui dormait déjà paisiblement, Tamara descendit l'escalier amenant à la salle à manger. Et sans rien allumer, elle alla guetter discrètement ce qui pourrait se passer dehors. Elle avait alors écarté délicatement les rideaux d'une fenêtre, pour ne pas être vue de l'extérieur. Elle n'aperçut rien, à part Jo qui continuait à aboyer en regardant avec concentration, la forêt d'épicéas. La nuit était transparente et c'était la pleine lune.

Tamara était intriguée du fait qu'elle ne voyait rien et surtout parce qu'elle était tout à fait consciente que Jo aboyait uniquement, quand il y avait quelque chose... Les poils du dos du labrador s'étaient hérissés.

Peu à peu dans les dix minutes, hurlements et aboiements s'estompèrent. Et Tamara remonta se coucher avec l'air anxieux, puisqu'elle se demandait inlassablement ce que Jo aurait vu. En montant l'escalier, elle rencontra Bryan qui avait fini par se réveiller. Il lui demanda ce qu'il y avait. Elle lui expliqua tout simplement, que Jo aboyait en observant la zone sauvage, derrière la maison.

Et le couple dut retourner se coucher.

Le lendemain matin, vers les huit heures, Bryan prêt à aller travailler, recommanda à Tamara de ne pas se balader dans la forêt d'épicéas, tant qu'on ne saurait pas ce qui se serait passé la veille, dans la soirée. Et il indiqua :

> « N'aie pas peur, Jo est là. À la moindre anomalie, barricade toi dans la maison avec lui et Chouquette. »

Et il l'embrassa avant de partir. Chouquette était leur chatte angora. Il ajouta vivement : « … Et appelle-moi ! » Ainsi, il prit sa Volvo et partit.

Tamara n'avait pas été pique-niquer cette fois-ci, mais de temps en temps au cours de la journée, elle s'était mise à déambuler dans le jardin, sans omettre la bordure de la forêt d'épicéas. Le ciel était clair sans nuages et la température était agréable. Il régnait un ciel bleu d'azur, ainsi dans le jardin, Tamara écoutait de temps en temps de la musique...

Vers quatorze heures, on reçut la visite de Mme D., une voisine. Les deux femmes alors discutèrent d'un peu de tout. La visiteuse était une sexagénaire mondaine mariée ; sa maison se situait à moins de deux kilomètres de la chaumière. Mme D. était venue voir Tamara pour lui apporter des fruits et des légumes en provenance d'un potager et d'un verger... À vrai dire, la sœur de la visiteuse avait bénéficié de récoltes, surabondantes.

Tamara en profita pour lui raconter la mésaventure de la nuit dernière. De toutes les façons, elle se trouvait beaucoup trop tourmentée et se posait beaucoup trop de questions.

« Peut-être avait-il vu un oiseau ou un rongeur dans un arbre...

proposa Mme D. en parlant de Jo.

— C'est ce que Bryan a pensé aussi, mais ce qui est si intrigant, c'est que Jo a hérissé les poils de son dos et j'avais vu ses crocs, c'était comme s'il était prêt à attaquer. Il est rarement ainsi le soir, quand il aboie. Bryan m'a précisé qu'effectivement, si son comportement était différent, on serait amené à se poser des questions,

insinua Tamara.

— Remuait-il sa queue ? Comment étaient ses oreilles ?
— Il me semble que ses oreilles étaient redressées, quant à sa queue... je ne l'ai pas remarquée.
— Remarque que si c'est tout autre chose qu'un animal, ce serait effarant. C'est une propriété privée ici, donc... Ton mari est de la police, il pourrait bien faire quelque chose.
— Finalement il m'a dit de le contacter, à la moindre anomalie.
— C'est la moindre des choses. »

Et après avoir pris congé, Mme D. s'éloigna à bord de sa Nissan.

Vers dix-huit heures, n'ayant pas la conscience tranquille, Tamara se rendit craintivement dans la forêt d'épicéas, malgré les recommandations de son compagnon. Elle emmena Jo avec elle. Étant pourtant consciente qu'il s'agissait de leur propriété, elle y allait plutôt rarement. Elle se contentait de la contempler quasiment chaque jour, à partir de la limite de la pelouse du jardin.

Plus Jo s'avançait dans les bois, plus ses oreilles se penchaient vers l'arrière et plus il émettait des gémissements. Tamara se mit à le suivre. Le comportement de Jo la tracassait beaucoup. Après un parcours de moins de dix mètres environ, le chien se mit à aboyer en gardant ses oreilles couchées. Il semblait ne pas vouloir s'avancer... davantage... il finit par s'arrêter. Tamara n'en fit pas plus. Elle lui parlait en le caressant. Et les aboiements cessèrent. Cependant en observant autour d'elle, Tamara ne vit rien d'anormal, à part la splendide verdure des plantes. Mais à travers les sons subtils et transparents de la nature, un klaxon s'imposa et elle pensait qu'il devrait s'agir de Bryan. Suivie de Joe, elle se mit alors à gambader vers la maison... Il s'agissait bien de son concubin. Celui-ci lui demanda, l'air intéressé :

« Où étais-tu ? J'ai dû klaxonner, quand j'ai vu que la maison était vide... Encore dans les bois ? Tiens, aurais-tu trouvé quelque chose ?
– Non. Mais, Jo gémissait et il semblait être craintif.
– Tiens donc ! Aide-moi à prendre quelques courses. Les courses se trouvent dans la voiture. Et on va se préparer à changer nos idées devant une pizza, en regardant un film d'aventure à l'"eau de rose". J'ai pris des DVD ! »

Comme convenu, ils firent la fête. Et plus tard, au moment du coucher, ils avaient oublié les incidents de la veille. Quand ils y pensaient, ils se disaient tout simplement que leur pure imagination serait responsable de leur anxiété.

Mais alors, il devrait être que deux heures trente du matin... ils furent réveillés par les hurlements de Jo. Il n'y avait pas que cela : on pouvait entendre quelqu'un frapper violemment à une des portes du rez-de-chaussée.

> « Ne paniquons pas, on va voir d'ici qui tambourine à notre porte »,

signala Bryan.

Alors de la chambre, en écartant discrètement les rideaux de la fenêtre et sans rien allumer, ils observèrent l'extérieur. Il n'y avait rien, on ne vit personne !

> « Peut-être que c'était à la porte de derrière ? »

dit Tamara.

Ainsi, ils se hâtèrent vers le rez-de-chaussée, puisqu'ils ne pouvaient pas faire autrement. En écartant les rideaux délicatement... rien du tout. Et pourtant les frappements pouvaient concerner également, cette porte de la grande salle de séjour faisant face à la forêt d'épicéas. Jo aboyait toujours et hurlait en regardant alternativement la porte, puis la sylve. Ses poils s'étaient hérissés. Mais ses oreilles étaient inclinées vers l'arrière. Puis dans le sauvage silence nocturne, les frappements s'estompèrent et Jo finit par se calmer. Tamara prit un risque, en ouvrant la porte, pour laisser entrer prestement le labrador, dans la maison. Et elle le rassura, en le cajolant.

> « Monsieur s'est enfin décidé à rentrer ! alors que je lui avais demandé de rentrer... il voulait passer son temps à vagabonder avant de rentrer ! »

dit Bryan d'un ton mi-sévère et mi-ironique, en s'adressant à Jo. Puisque effectivement, en début de soirée, avant la fermeture des portes d'entrée du rez-de-chaussée, il avait maintes fois, appelé le chien. Mais celui-ci s'était montré têtu pour des raisons inconnues.

« Heureusement que tu as pensé à le faire entrer... et puis, il y a forcément un problème »,
reprit Bryan, l'air extrêmement choqué, en s'adressant à Tamara.

Et le couple remonta sans avoir envie de dormir. Ils se demandaient s'il ne pouvait pas s'agir de sales tours de la part de farceurs... :

« Tu penses que c'était à la porte de derrière ?? ou... de l'entrée ??
demanda Tamara.

- Je ne sais pas ! Remarque qu'il pourrait s'agir des deux. Pourtant, la première fois que j'avais entendu frapper, je pensais que c'était devant...
- Moi aussi. »

Le terme « devant » désignait la porte d'entrée officielle de la salle à manger, contrairement à la porte de « derrière ». Ainsi le couple discutait. Ils réfléchissaient... jusqu'aux apparitions prononcées des effets des signes de fatigue et de somnolence...

Dès l'aube, avant de se préparer pour se rendre à son travail, Bryan, anxieux, prit soin d'ouvrir les portes de la salle de séjour. Il examina minutieusement les environs de la chaumière sans omettre d'observer scrupuleusement la forêt de conifères. Il s'était attardé à considérer les portes d'entrée du rez-de-chaussée. Quand Tamara lui rappela l'heure, il se rendit compte qu'il allait être en retard à son travail ; il ne tarda pas alors à se préparer. Et après avoir ingurgité son thé au lait, il s'enfonça dans sa voiture pour quitter les lieux.

VII
Surveillance inutile ?

Étant donné qu'il faisait beau et que le soleil était à nouveau radieux sous un ciel bleu, Tamara décida de pique-niquer dans le jardin, mais non pas à proximité de la forêt d'épicéas. Elle s'était installée plus en retrait et dans l'espace situé à côté de la chaumière. Elle s'était mise à écrire un message électronique à Julian, pour lui raconter sa mésaventure :

Comment vas-tu ? Tu ne peux pas t'imaginer ce que Bryan et moi, avons enduré pendant les 2 dernières nuits. Jo (mon chien) s'était mis à aboyer presque au milieu de la nuit en regardant notre forêt (derrière notre maison). Hier soir, on a été réveillé par des frappements à l'une des portes d'entrée de notre salle de séjour. Je me demande même, si on n'a pas frappé aux 2 portes. Évidemment Jo se mettait à aboyer et à hurler. On entendait frapper mais on ne voyait personne. En plus, hier dans la journée, j'ai été par curiosité dans la forêt avec Jo. Je n'ai rien vu, mais Jo semblait être effrayé, plus il avançait. Et il a fini, par s'arrêter près d'une zone non boisée... J'ai la trouille. Là comme il y a une vague de chaleur, il fait bon, donc je compte pique-niquer ce midi, en m'éloignant de la forêt. Bryan et moi, on aurait tellement aimé qu'il ne s'agisse que d'un vilain tour de la part d'un plaisantin inoffensif mais, je n'en suis pas convaincue.

Après l'envoi de son message, elle se mit à bouquiner des bandes dessinées... ce qui lui permit une évasion de ses soucis, notamment de son appréhension, à cause de ses deux dernières mauvaises nuits.

Finalement, elle put passer un agréable après-midi. Et vers dix-sept heures, Bryan était déjà de retour. Mais il n'était pas seul car il y avait également, une autre voiture. Un de ses collègues était également venu. Celui-ci était un peu plus jeune que lui. Il se nommait Charles. Il était déjà venu déjeuner chez eux, en compagnie de toute sa famille. Après avoir exprimé à Tamara ses salutations en l'embrassant amicalement sur la joue, il accompagna Bryan. Ainsi nos deux policiers allèrent contempler méticuleusement au niveau du rez-de-chaussée, chaque porte extérieure, sans omettre de prendre des notes.

Le seul fait que Charles ait été mis au courant de leur mésaventure, rassurait Tamara. Bryan s'approcha d'elle et lui demanda :

« Tamara, voudrais-tu nous accompagner dans la forêt, pour nous montrer l'endroit où tu t'étais rendue avec Jo, hier ? »

… Ce qu'elle fit sans attendre. Mais elle emmena Jo également. Celui-ci s'agitait quasiment de la même façon que la veille. Ses oreilles étaient inclinées vers l'arrière et il gémissait au fur et à mesure qu'il s'avançait vers un espace circulaire, non boisé. Il finit par s'asseoir et se mit à grogner férocement. Il semblait être plus énervé que la veille.

Bryan et Charles observèrent abondamment le comportement de Jo et l'air inquiet, ils se mirent à fouiller du regard, les alentours. Tamara en fit autant. Elle signala :

> « Jo était comme ça hier soir... je veux dire en fin d'après midi... sauf, il grognait beaucoup moins fort.
> – Charles, prend bien note de ça, concernant le comportement de Jo », enchaîna vivement Bryan en s'adressant à son collègue.

Puis tout le monde retourna à la maison. Charles contacta sa concubine pour lui expliquer qu'il serait un peu en retard pour dîner. Tamara en profita pour aller se doucher. Quelques instants après, les deux hommes réfléchissaient, puisqu'ils étaient apparemment en train d'enquêter sur les faits de la veille.

Dans les cinquante minutes, Charles était déjà parti. Plus tard dans la nuit, vers deux heures du matin, Bryan s'était levé pour faire le guet discrètement à chaque fenêtre, sans rien allumer. Il voulait que Tamara se repose et il la réveillerait qu'en cas d'utilité. Jo dormait paisiblement dans sa niche. Vers trois heures du matin, il n'y avait rien... Mais Tamara ne dormait pas ou plutôt, elle ne parvenait pas à trouver le sommeil. Et quand à travers le silence nocturne, les aboiements et grognements du labrador se mirent à surgir, elle quitta son lit et alla rejoindre Bryan. Aucun être invisible frappait à leur porte cette fois-ci, mais Jo manifestait toutes ses émotions, en se focalisant sur la forêt d'épicéas.

> « Mais qu'est-ce qu'il y a dans ces bois pour que Jo

se mette à gémir comme ça ?
se demandait Tamara à haute voix, avec effroi.
- On va vite le savoir », appuya Bryan qui prit son revolver et sa torche électrique, qu'il avait déjà préparés.

Toutefois il ne voulut pas que Tamara l'accompagne. Il lui recommanda de l'attendre devant la porte de la salle de séjour, faisant face à la forêt. Il était ainsi parti dans les bois avec Jo, qui hurlait de plus en plus...

La nuit était claire et splendide avec toutes ses étincelantes pierres d'or et de diamant accrochées au ciel infiniment noir. Tamara s'était souvenue que la nuit dernière était la pleine lune.

Bryan s'enfonça avec vigilance dans les bois en entraînant avec lui Jo, apparemment toujours pris d'angoisse.

Se trouvant près de la porte et étant éloignée non minimement des bois, Tamara pouvait discerner encore la lueur blanchâtre de la lampe torche. Elle appela Bryan qui ne répondit pas. Alors elle se précipita dans la sylve pour le rejoindre...

« Qu'est-ce que tu as vu ?
lui demanda-t-elle.
- Rien... à part les branches d'arbres qui s'agitent... comme si quelqu'un les faisait bouger.
- Penses-tu ! Remarque qu'il y a tout de même du vent. Aussi, il pourrait s'agir que d'un animal sauvage...
- C'est possible, mais comment est-ce que tu expliques les bruits de frappements à nos portes ?
lui demanda Bryan.
- Peut-être une blague bien réussie. »
À ces mots, ils retournèrent à la maison... Au moment

où ils allèrent se coucher, Bryan expliqua à Tamara, que d'après les résultats d'analyses d'empreintes, on pourrait peut-être découvrir ce qu'il en est.

La nuit du lendemain, alors qu'il était déjà deux heures du matin, le couple installé dans leur chambre à coucher ne parvint pas à trouver le sommeil ; tant, l'ambiance de leur soirée, avait été abîmée par les mésaventures de la veille.
Tamara pensait à son message électronique et à son texto. Elle les avait envoyés à Julian. Elle avait hâte de connaître les opinions de celui-ci. Pendant ce temps, Bryan se mit à zapper longtemps devant la télévision, qu'il finit par éteindre. Puis il alluma la radio pour écouter un programme apaisant, lui permettant de glisser dans un sommeil... pourvu qu'aucun intrus ne vienne frapper à leur porte ! Après trente minutes environ, Tamara continuant à penser à sa lettre en écoutant un programme radiophonique, finit par demander à Bryan :
« Est-ce que tu crois qu'on finira par retrouver pour de bon, notre emmerdeur ? »
Quand elle vit qu'il ne lui répondit pas, elle fut toutefois un peu soulagée... tant elle préférait avoir l'impression, à cause de ces étranges mésaventures, que la soirée soit plus courte que prévu. Elle s'était alors aperçue que son compagnon s'était déjà endormi. Et elle alla le serrer dans ses bras, après avoir éteint la radio... Puis elle parvint à son tour, à trouver le sommeil.
Apparemment, aucun rôdeur n'était venu secouer leur douce nuit. Le couple était surpris d'avoir si bien dormi. Cette tranquillité nocturne commençait déjà à les manquer.

Le lendemain dans la matinée, vers neuf heures... Bryan était déjà parti travailler. En fin d'après-midi, vers dix-sept heures, quand Charles son collègue lui apprit, qu'il n'y aurait eu finalement aucun voisin suspect, il eut crûment l'impression que l'inquiétude était en train d'envahir ses esprits. Finalement, il se sentit démuni :

« Tu en es sûr ??

insistait-il. Mais Charles qui le connaissait bien, justifia :
- Tout à fait sûr. L'amateur de farce quant à lui n'est pas ici puisque ses parents m'ont informé qu'il a été poursuivre ses études à Paris. Ça a été vérifié.
- D'ailleurs ce plaisantin ne serait pas capable de jouer un tour de cette ampleur, ça ne lui ressemble pas, il m'aurait sûrement déjà contacté... quand il faisait un sale tour à certains de ses voisins... eux, ils ne pouvaient pas se plaindre ; puisque monsieur "Le Plaisantin" s'excusait d'une certaine façon en les racontant de belles blagues, tout en offrant aux femmes, de petits cadeaux. Il n'était pas du tout hostile. Donc si c'était bien lui, on serait totalement tranquille... Et Tamara serait peut-être là, en train de se réjouir, à cause de son cadeau ! Mais malheureusement, ce n'est pas lui. »

La personne en question dont ils étaient en train de parler et qu'ils suspectaient, était un jeune homme de dix-huit ans qui résidait chez ses parents, dans le Jura. Sa maison se trouvait au voisinage de la chaumière de Tamara et de Bryan. Cet homme avait beaucoup d'humour, si bien que la plupart des gens qui le côtoyaient, se demandaient s'il n'était pas humoriste. En outre, Charles indiqua :

« Hier soir, t'as bien dormi, d'après ce que tu m'as dit. On peut supposer qu'il n'y a rien eu. Je te propose quelque chose. Quand ça se reproduira, il va falloir noter la période. Il est possible de découvrir à quel moment cet incident surgit. On peut prendre

note des dates, par exemple. Il va falloir surveiller ça...
- C'est possible, j'en prendrai note et je te tiendrai au courant, si ça recommence. Il est effectivement possible que ce ne soit pas par hasard, que ces événements arrivent.
- Nous allons surveiller ça. N'oublie pas de me tenir au courant, pour que de mon côté, j'en prenne note. On avancera beaucoup plus vite, ainsi... Et puis, je viendrai le soir, lors d'une manifestation. Je deviendrai donc un témoin oculaire... supplémentaire.
- C'est exactement ce que je voudrais te proposer », répondit Bryan.

Et les deux hommes sortant du travail, eurent l'idée d'aller se rafraîchir les idées, dans un restaurant. Ils eurent la possibilité de se déstresser avant de rentrer chacun, à leur domicile.

Quelques jours après, Tamara reçut de la part de son frère Julian, un message qui disait :

Bonjour ma chère Tamara : C'est curieux ce que tu me racontes, parce que figure-toi qu'Olivia lors de la soirée que j'avais organisée chez moi, disait avoir vu un homme mystérieux. Elle prétend que le mec aurait subitement disparu à ses yeux. Évidemment je ne pense pas qu'il y ait un lien, avec ce que tu as vécu. Il se pourrait qu'elle soit toxicomane... mais j'ai des doutes là dessus. Enfin, je n'en suis pas sûr, je la connais suffisamment. Par contre, elle pourrait nous avoir menti pour se faire remarquer ou pour pouvoir partir plus tôt que prévu...
Enfin tout est possible. N'empêche que ce qui me

dérange, c'est qu'elle a toute sa tête... Donc je devrais me mettre sur mes gardes.

Après avoir lu le message, Tamara tourmentée le montra à Bryan qui à son tour, commençait à être accablé :

« Il devrait bien exister une explication raisonnable. Comme ton frère l'a dit, il est possible que la demoiselle dans cette soirée, ait raconté des balivernes... Et la drogue ? Il est possible qu'elle fume du pétard,

insinua Bryan.

– Le souci de Julian, c'est qu'il connaît cette fille et il sait qu'elle a toute sa tête. Mais comme tu l'as vu, il soupçonne la drogue, bien qu'il ait des doutes », lui rappela Tamara.

Il devrait être environ vingt heures. Après s'être douchée, Tamara tantôt regardait, tantôt écoutait la télé à partir de leur cuisine américaine. Elle faisait tranquillement la vaisselle. Bryan feuilletait son journal dans la salle de séjour en essayant également de se concentrer sur l'émission télévisée. On était en train de diffuser les informations. Cette soirée devrait être exceptionnelle, puisque Tamara avait décidé de faire une surprise à son compagnon. D'avance, elle lui avait informé que ce jour-ci, elle préparerait le dîner. Elle avait un projet en tête : préparer une tarte salée et un gâteau. Elle tenait à lui montrer ses performances culinaires.

Elle appréciait les compliments de son compagnon quand celui-ci pouvait la voir s'exercer, lors d'un cours de ballet. Elle voulait lui montrer alors ses compétences en cuisine car souvent, il achetait des pizzas et des gâteaux. Elle se demandait si ce n'était pas parce qu'il pensait, qu'elle serait incapable de les préparer.

Tamara n'était pas comme Cassy et Valera. Elle faisait partie des femmes qui faisaient beaucoup plus confiance en leur conjoint. Elle n'était point celle qui irait systématiquement fouiller dans les réseaux sociaux, dès que Bryan s'absenterait. Pour celui-ci, c'était réciproque. Ils se disaient presque tout. Ils étaient essentiellement, les meilleurs amis du monde et partageaient à peu près les mêmes goûts.

Le dîner fut prêt. Elle appela Bryan pour qu'il puisse se servir. Pendant la cuisson, celui-ci s'était efforcé de ne pas lui poser de questions sur ce qu'elle était en train de mijoter. Bien que de temps en temps, il jetait un regard furtif et assez avide en fronçant ses sourcils vers la table de cuisson, à cause du dégagement de délectable odeur. Cette odeur agitait de même peu à peu, Chouquette et... Jo. Ce dernier avait effectivement préféré abandonner sa niche dehors, pour se reposer près du divan, au pied de son maître. Tandis que Chouquette, allait et venait sans omettre de caresser de temps en temps avec son dos rond, les chevilles de Tamara, tout en ronronnant...

Ainsi, Bryan atteint d'une rapacité cachée, prit son plateau ; il se servit et dut s'efforcer d'attendre, avant de se pencher sur un met. Après avoir nourri les animaux, Tamara munie à son tour de son plateau-télé, alla s'installer près de lui... ... La nuit était calme. Le couple se divertissait devant leur écran, en savourant un bon film.

Ils durent aller se coucher juste avant vingt trois heures. La sérénité régnait. On ne frappa pas à leurs portes. Jo n'eut pas du tout aboyé, mais cette nuit là, bien qu'il faisait beau, il avait préféré dormir dans son panier, installé dans la chambre à coucher du couple. En cette fin de mois de juin, la nuit venait de tomber et le temps était limpide. Dans l'ensemble de la journée, le ciel était d'un bleu cru, sans nuage. Tandis que la soirée nous montrait toutes ses belles et précieuses parures célestes d'or blanc, jaunâtre et roux sur son fond crûment noir.

Le lever du soleil avait dissipé cette force nocturne. Bryan venait de se lever, il ne devrait pas aller travailler ce jour-là, mais il devrait se rendre à son bureau, pour récupérer un dossier. Il devrait être de retour, avant une durée de deux heures.

Tamara était beaucoup satisfaite, puisqu'elle était désormais persuadée que Bryan avait découvert ses performances culinaires qui demeuraient invisibles. Or, toutes les tâches ménagères dans la vie du couple étaient partagées. En plus, grâce à sa grand-mère paternelle qui l'avait initié, Bryan possédait de bonnes bases gastronomiques et était capable de suivre pratiquement n'importe quelle recette de cuisine. Toutefois, pour la préparation d'une pizza, le problème provenait tout simplement du manque de temps... Il aurait pu engager une domestique pour le repas, mais Tamara pensait que c'était inutile. Et quand elle remarqua ces achats de pizzas, de quiches et de pâtisseries, elle eut l'idée de lui faire une surprise, pour lui montrer la saveur de la cuisine-fait-maison. Il avait effectivement apprécié son repas. Toutefois, Tamara avait surtout agi ainsi, pour attirer l'attention de l'homme qu'elle aimait...

Deux heures trente après, Bryan était déjà de retour. Il trouva dans le jardin, Tamara en train de consulter son téléphone portable. Il devrait être un peu plus que neuf heures. Bryan avait un air plus enjoué, puisque à cause de ses mésaventures nocturnes, son patron évitant apparemment de lui faire pression, lui avait laissé une journée de congé, à titre exceptionnel. Donc Bryan se sentait beaucoup moins stressé. Et en plus, heureusement que la nuit de la veille était plutôt calme, sans incidents. Cet ancien agent du FBI était un beau et séduisant jeune homme aux cheveux châtains, mi-longs et frisés. Ses yeux étaient vert clair et il portait une barbe courte de trois jours.

Pendant que celle qu'il aimait, passait de bons moments dehors à l'ombre des arbres, en écoutant de la musique, en bouquinant et en envoyant des messages téléphoniques ou électroniques, il restait à l'intérieur pour y réfléchir sur ses activités professionnelles impliquant une affaire antérieure ou actuelle.

Vers midi, il devrait s'occuper du déjeuner. Et il alla rejoindre dans le jardin, sa dulcinée. De temps en temps celle-ci espérait qu'il viendrait travailler auprès d'elle. Mais il ne le pouvait pas, car ses travaux étant plutôt confidentiels, risqueraient d'être perdus... à cause du vent. Oui, notamment ce jour là s'il faisait beau, de temps en temps le vent pouvait s'imposer.

Bryan s'approcha de Tamara qui ne pouvait pas le voir, car étant assise, elle lui montrait le dos. Et il finit par la surprendre pour l'embrasser tendrement sur le cou.

« Tu viens manger ? » lui demanda-t-il.

Tamara ne se fit pas prier. Après avoir rangé ses quelques affaires dans son sac de plage, elle le suivit.

Alors qu'ils déjeunaient tranquillement, Bryan apprit à Tamara que Charles devrait l'appeler ce soir. Et il ajouta :

« Il m'a dit ce matin qu'un des officiers au poste, avait eu affaire avec un de nos voisins qui disait avoir vu un jeune homme au teint très très éclatant ou lumineux dans son jardin, une de ces nuits. L'incident s'était produit peu de temps avant ces nuits

bizarres que nous avons passées.
- Ah ?
- Cet individu qui a parlé à un de nos officiers a rapporté qu'il a disparu comme une fée. J'ai préféré ne pas t'en parler pour ne pas gâcher ta matinée. Si je te l'avais dit plus tôt, tu n'aurais pas été t'aventurer dans le jardin.
- Ça me rappelle ce que Julian m'avait raconté. On l'a cru ?
- Non. Si bien que l'officier ne l'a pas signalé, puisqu'il pensait qu'il lui a raconté des calembredaines.
- Curieux !
- Mais ne panique pas, nous n'avons pas vu d'homme apparaître et disparaître. Nous avons seulement entendu quelqu'un frapper à nos portes. C'est tout. Bien que nous n'avons pas pu voir ce personnage, il pourrait tout de même y avoir une explication raisonnable... Peut-être que ce ne serait pas sur nos portes qu'on aurait frappé !... peut-être qu'on avait frappé sur une planche en bois pour nous effrayer...
- Tu n'as pas tort, néanmoins rappelle-toi que le bruit était beaucoup trop fort et il semble que les portes vibraient.
- T'as raison et rien qu'en y pensant, ça me fait dresser les cheveux sur la tête... C'est d'ailleurs pour ça que Charles et moi, nous nous contactons. De même, il est convenu qu'il passera de temps en temps la soirée avec nous, ici.
- Ah ! Peut-être, viendra-t-il ce soir ! On n'a même pas rangé la chambre d'ami.
- Pas ce soir. En tous cas je ne le pense pas... Peut-être la semaine prochaine pour qu'il ait l'occasion de

voir ce qui se passe.

— Mais pourquoi irait-on imaginer une histoire d'individu qui apparaît... pour disparaître... comme ça ? se demandait Tamara à haute voix, l'air songeur et craintif.

— Enfin, ne te tracasse pas trop, il se pourrait que cet homme qui a parlé ne soit pas sobre... à moins qu'il puisse s'agir que d'une coïncidence. »

À la fin du repas, Tamara n'eut pas envie de retourner dans le jardin à cause de ce que lui avait raconté, son concubin. Pourtant, le confort en compagnie des plantes, dans un espace ombragé et entouré de rayons du soleil, l'emporta sur la décision de « rester entourée des quatre murs de la maison ».

« Je n'aurais jamais dû t'en parler ce midi. Ne gâche pas trop tes journées à cause de balivernes », lui recommanda Bryan.

Dans l'après midi peu après quinze heures, Tamara avait eu l'idée d'écrire à Julian. Mais elle changea d'avis, car elle songeait qu'effectivement qu'il ne pouvait s'agir que d'une coïncidence. Et elle ne voulut pas embêter son frère avec ces genres de foutaises. Et puis, Julian ne voyait aucune importance, concernant la valeur de ces récits. Ce qui allait peu à peu en être de même pour Tamara, qui conclut progressivement qu'il ne pouvait s'agir que d'un hasard, bien que la similitude des signalements de cet homme au teint très lumineux et aux cheveux noirs, accaparait progressivement ses pensées...

À vrai dire... elle ressentait une angoissante sensation de se sentir si proche de cet homme si mystérieux !! de l'avoir déjà touché et d'avoir déjà vécu avec lui... voire même de l'avoir aimé... et de se sentir aimer par lui... En plus l'inquiétude la poursuivait à cause des mésaventures nocturnes qu'elle avait endurées avec son compagnon ! Et tous ces sensations devraient demeurer dans son jardin secret !! Mais elle réussit à oublier tout cela, en se plongeant dans la lecture de ses revues, tout en écoutant de la musique. Vers dix-sept heures trente, elle rentra dans la chaumière.

Après avoir rangé ses affaires et s'être bichonnée, elle alla rejoindre Bryan qui était en train de réfléchir sur une enquête criminelle. Quand sa dulcinée s'approcha de lui, il eut intérêt d'interrompre sa besogne ; parce que ceci devrait rester confidentiel et il avait surtout besoin d'un peu plus de concentration. Toutefois il estimait avoir suffisamment bien travaillé pour la journée. Maintenant, il préférait se détendre...

Plus tard, il devrait être vingt-et-une heures, le soleil n'était pas encore couché. « Tout le monde » demeurait calfeutré chez soi. Charles devrait appeler Bryan. Et :
« Alors, tout a l'air normal dehors ?
demanda Charles.
– Pour l'instant oui », répondit Bryan, veillant à travers une des fenêtres fermées, de la salle de séjour.
Puis, il se mit à marcher par-ci par-là sans omettre de guetter de temps en temps, tout minutieusement et le plus discrètement possible, derrière les vitres, la zone boisée et ses alentours. Pendant ce temps à l'étage, Tamara fatiguée, dans sa chambre, était en train de siroter du thé en écoutant une fiction radiophonique. Tandis que sur elle, dormait paisiblement, Chouquette. D'autre part, elle aurait aussi, bien aimé faire le guet, avec son compagnon, mais celui-ci avait refusé. Il pensait que la situation n'était pas suffisamment grave et surtout il ne voulait pas la voir se tracasser, probablement pour rien. Ce soir là, dehors, la niche

du chien était à nouveau vide. Jo avait choisi de dormir dans la maison. Ainsi il se reposait tranquillement dans son panier, installé dans la chambre du couple. On avait pris soin de fermer toutes portes et fenêtres, puisqu'il avait été convenu que Bryan guetterait les alentours, mais à partir de la chaumière, tout en observant à travers chaque ouverture.

Deux heures passèrent et rien arriva. L'aspect facial du ciel s'embruma peu à peu. Et une première plainte sourde d'un orage, se permit d'anéantir le silence... néanmoins avec délicatesse.

Tamara, commençant à ressentir l'arrivée des premiers signes du sommeil, alla rejoindre Bryan. Elle lui demanda s'il avait vu une anomalie.

« Rien du tout », lui informa son compagnon.
Tamara portait dans ses bras, Chouquette, qui s'était réveillée à cause des plaintes de l'orage. Aussi, la jeune femme préféra monter dormir...

Tandis que Bryan encore obstiné, restait en ligne avec Charles. Ils en profitèrent pour discuter un peu de certains dossiers ou affaires déjà classés. Jo qui était effrayé à cause du tonnerre s'était réveillé, mais il était resté dans son panier. D'ailleurs celle qu'il attendait, autrement dit Tamara, était déjà retournée dans la chambre. Elle aimait beaucoup s'endormir en entendant la danse et le chant délicat de la pluie. Et la fraîcheur du parfum de cette dernière, était en plus, souvent bien accueillie, après les actes de séduction du soleil. Cependant, la nuit s'était sournoisement installée. Finalement dans la chambre, « tout le monde » était sur le point de trouver le sommeil. Jo, sachant qu'il n'était point seul, s'était légèrement enroulé dans son panier, pour s'endormir. Tandis que Chouquette s'était laissé emporter sous les draps, par sa maîtresse, se trouvant également emportée par la crise de fatigue nocturne. Ainsi, toutes deux parvinrent quand même à trouver le sommeil, sous cette nuit sombre, fraîche et assez bruyante. Des minutes passèrent... Charles et Bryan toujours en train de communiquer entre eux, sirotaient chacun du café. Bryan n'avait pas l'intention d'abandonner la surveillance. Il sentait une forme de présence, dans les bois. Pourtant, il n'y voyait personne et on n'y voyait personne. Bryan confia à son ami :

« Tu sais Charles, j'ai comme un mauvais pressentiment.
– Pourquoi tu dis ça ?
– Je ne vois rien, mais il me semble qu'il y a quelque chose dans les bois.
– Sous cette pluie, tu n'iras nulle part,

rétorqua fermement Charles, qui pensait que Bryan avait l'intention de sortir.

– Rassure-toi, je ne bougerai pas ce soir de chez moi, tant que je ne verrai pas quelque chose de concret. J'ai l'impression que le personnage sait qu'on est en train de l'attendre et c'est pour ça que nous ne voyons rien. Ou peut-être que non. En tous cas cette affaire nous dépasse et nous ne sommes pas maîtres de la situation,

répondit Bryan.

– Moi aussi... Je pense ça... Ce n'est pas du tout comme pour tous les autres affaires, qu'on a l'habitude de traiter. Quand je fais de la surveillance, d'habitude, je me sens beaucoup plus sûr de moi.
– Oui, c'est ça... c'est quelque chose comme ça que je ressens... En plus, je me contredis quand je dis à Tamara qu'il pourrait s'agir que d'un farceur qui frappe sur une sorte de planche en bois et pourtant, je m'obstine à veiller. Il n'y a pas de preuves concrètes

et pourtant... je suis toujours là debout à une heure du matin, à veiller ! J'ai même réussi à t'entraîner. Puisque tu m'as cru,

expliqua Bryan.
- Je t'ai cru, parce que je te connais bien et que je n'ai pas retenu l'histoire de Mr. A... Tu m'avais dit qu'il avait été sanctionné à cause d'une alcoolémie trop élevée, lors d'un contrôle. Et il prétend qu'un soir très tard comme je te l'avais expliqué, il aurait aperçu dans son terrain, un très étrange jeune homme brun avec une peau étincelante et lumineuse. Ça... c'était un soir dans la période... quand on avait frappé à votre porte.
- Bon mais c'est peut-être parce qu'il avait bu !
- Forcément, forcément... Mais tout de même, je me méfie... ça commence à m'inquiéter... tout ça,

fit Charles, indécis et pensif.
- Mais je dois te dire également que Tamara a son frère aux États-Unis... ça, tu le sais déjà... Mais ce que tu ne sais pas encore, c'est qu'il lui a raconté que lors d'une soirée, un homme presque du même signalement aurait apparu d'un coup en quelques secondes dans leur jardin, avant de disparaître. C'était un de leurs invités qui l'avait vu... une jeune femme... mais cette femme n'est pas toxicomane. Ça pourrait nous poser un problème,

exposa Bryan.
- Il s'agit de coïncidence.
- Admettons-le. Sur internet, il faudrait que l'on sache s'il n'y aurait pas en ce moment, des rumeurs d'un homme ayant ce signalement... ça aurait alimenté ces histoires d'apparitions. Les rumeurs sur internet,

ça circule bien !
- Intéressant... c'est une piste à vérifier. »

Entre une et deux heures du matin, les deux hommes continuèrent à s'échanger les idées... Ils sirotaient encore chacun chez eux, un peu de café, pour éviter de succomber au sommeil... dans la mesure du possible. Dans son appartement, Charles enfoncé dans le cuir de son fauteuil, regardait une série télévisée, avec un volume suffisamment faible pour ne pas déranger ses voisins, dans leur résidence. Tandis que Bryan dans sa maison campagnarde, devrait garder la lumière de sa salle de séjour, éteinte. Toutefois, il écoutait un programme musical radiophonique, avec un son suffisamment réduit mais inaudible, de l'extérieur. Évidemment, le mystérieux rôdeur ne devrait rien savoir et rien entendre. Il fallait se montrer discret. On devrait faire en sorte que pour l'intrus, les occupants de la chaumière devraient être déjà couchés. Il était hors de question d'éclairer les pièces et surtout d'être vu, en train d'épier aux fenêtres. On devrait se contenter de la lueur naturelle de la nuit, traversant les moindres faiblesses des ouvertures et transparences de la maison.

Ainsi, pendant que sa compagne dormait, Charles dans sa salle de séjour éclairée, se divertissait devant un téléfilm. Il avait laissé son portable allumé à côté de lui, pour discuter avec Bryan...

Ainsi, les deux hommes avaient passé toute la soirée à attendre ou à surveiller... Mais il n'y eut aucune manifestation. Vers quatre heures du matin, ils décidèrent alors d'aller dormir. D'après Bryan, ce moment là semble-t-il, représenterait le temps limité des apparitions. Il avait remarqué que l'étrange intrus agissait, entre une et trois heures du matin, environ. Avant de couper leur communication, Bryan devenant de plus en plus craintif expliqua à Charles :

« Je serai malheureusement obligé de fermer toutes les persiennes des fenêtres du rez-de-chaussée, en plein été.

– Évidemment ! Évidemment ! » répéta Charles avec sévérité. Ensuite après avoir réfléchi, il ajouta :

« Si tu as trop chaud, utilise tes ventilateurs... même si le ventilateur n'est finalement pas si intéressant comme ça. L'intrus aurait pu casser tes vitres. Je suppose que tu en es conscient maintenant et c'est pour ça que tu commences à changer d'avis. Heureusement pour toi qu'on n'ait pas cassé tes vitres. »

En effet, Bryan et Tamara avaient pris le risque en période estivale, d'éviter de fermer certains soirs les persiennes de leur demeure, sous peine d'engendrer une chaleur atroce et d'être amenés à utiliser un ou plusieurs ventilateurs, associés à des inconvénients non prononcés.

« Ce qui pourrait signifier que notre homme ne serait pas un cambrioleur,
constata Bryan, d'une voix olympienne.

– Tu as raison,
répondit Charles.

– Bon, je te souhaite une bonne nuit !
– Moi aussi ! On s'appellera demain.
– OK ! »

Et on coupa la communication.

VIII
Surprise aux chandelles

De bon matin, un samedi, Julian qui venait de se réveiller se mit à caresser délicatement la chevelure de Cassy. Mais celle-ci qui somnolait repoussa brusquement ses gestes.

« Qu'est ce qui se passe encore ?
demanda soudainement Julian, comme s'il avait déjà ressenti, un poids lourd d'un ras-le-bol.

– Rien », répondit expressivement la jeune fille.

À ses mots, Julian se leva brusquement et alla se doucher, sans mot dire. Cassy ne s'inquiétant pas pour autant, enroba sa tête de son oreiller, pour essayer de se plonger fougueusement dans un sommeil un peu plus profond.

Trois heures après, elle s'était réveillée. Il était environ huit heures. Elle appela Julian. Celui-ci ne lui répondit pas. Inquiète, après s'être préparée, elle descendit l'escalier pour accéder à la salle de séjour. Julian n'était pas là. Il y avait toutefois sur la table, une missive. Elle la déploya et la lut. La lettre lui ayant été adressée, lui disait :

Bonjour Cassy, je rentrerai ce soir vers dix-huit heures trente, car j'ai eu un RDV imprévu. Je te contacterai dans la journée. Mais en cas de besoin, n'hésite pas à me contacter. Je t'embrasse tendrement, mon cœur.
Julian.

Elle fut tout de même stressée, car ce n'était pas du tout dans les habitudes de son compagnon. Cependant, le fait qu'il lui ait recommandé de l'appeler, l'avait rassérénée. Mais le stress la rattrapa vivement, car elle s'était souvenue qu'il s'était énervé quand elle l'avait repoussé. La susceptibilité de son compagnon l'avait profondément marquée. Elle se demandait avec insistance, d'où pouvait provenir son irritabilité. Elle se demandait alors, si elle n'aurait pas été victime de calomnie. Finalement, elle préféra retenir le bon côté des faits. Elle eut l'idée de lui faire une surprise : lui préparer un copieux dîner aux chandelles.

Elle savait qu'elle allait s'exposer à un risque en lui préparant ce repas. En entrant à la maison, il pouvait arriver que son compagnon n'oubliait pas de l'informer, qu'il aurait déjà dîné. Mais quoiqu'il en soit, elle comprit qu'elle ne risquait pas de perdre grand-chose. Elle pensait que si ce soir là il avait déjà acheté son repas ou qu'il avait l'intention de lui annoncer gentiment, qu'il avait déjà dîné, il comprendrait que cette surprise devrait être qu'une preuve d'amour.

Ainsi, elle se prépara pour de bon, avant de prendre un copieux petit-déjeuner en regardant à la télé, les nouvelles du jour. Puis, elle partit en bus, pour se rendre dans un supermarché. Elle y prenait des bougies, des aliments, de quoi préparer un dîner romantique... Et voilà qu'elle y rencontra Valera B., sa toute meilleure amie. Valera étant d'origine colombienne, était une très belle femme avec une peau très sombre et ses cheveux infiniment lisses étaient noir de jais. Après avoir échangé des baisers amicaux, elles se mirent à discuter et finirent par fixer un rendez-vous. Elles devraient se voir le lendemain matin, vers dix heures.

De retour chez elle, après avoir rangé ses courses, Cassy se rendit dans le jardin. Une de ses voisines se tenait devant le portillon. La visiteuse résidait dans une des villas avoisinantes. Elle était la mère d'un des invités de la soirée qui fut associée à l'apparition du mystérieux personnage.
Cassy l'ayant aperçue, lui ouvrit et la fit entrer dans son jardin. La femme s'appelait Mme W... Mais Cassy sentait que la visiteuse souhaiterait lui parler plus sérieusement, tant celle-ci semblait être intriguée. Ainsi on la fit entrer dans la salle de séjour.

« Je vais vous préparer une boisson,
proposa Cassy, l'air ravi.
— Non merci, ne prenez pas tant de peine. D'ailleurs, je ne resterai pas trop longtemps.
— Bon... mais moi je prendrai bien quelque chose. »
Ainsi, pendant que Cassy alla se servir un jus de fruits, Mme W. lui parla :
« Je ne voudrais pas vous embarrasser, mais si je viens, c'est pour vous parler de Jérémy, qui vient d'arriver. Il était parti en France.
— Oh !
fit Cassy.
— Il était parti pour l'ascension du mont Blanc... et voir un ami, un correspondant français... il était allé avec son correspondant... qui est passionné tout comme lui, de randonnée et d'alpinisme.
— Bien ! Ça s'est bien passé ?

— Oui, mais si je suis passée c'est pour avoir les nouvelles, d'Olivia. Celle qui disait avoir vu un jeune homme apparaître et disparaître. Peut-être voulait-elle se faire remarquer ? Ah ! Je l'ai su par le meilleur ami de Jérémy, qui s'était rendu à votre soirée.
— Ne vous tracassez pas pour ces genres d'histoires. Peut-être qu'Olivia se drogue. D'ailleurs Warren se droguait, il y a si longtemps. Et d'après les informations que j'ai reçu, il aurait abandonné ce poison... »

fit Cassy. Mais elle ajouta, d'un air songeur :

« Ce que j'apprécie chez cet homme, c'est sa volonté. Mais en fait, il ne se droguait pas vraiment, puisque d'après ce qu'il m'avait confié, un soi-disant ami lui avait proposé de fumer de l'herbe, en lui promettant qu'il se sentirait si bien. Et bien non ! Après avoir fumé, il n'a rien ressenti de si agréable... et comme il savait que de toutes les façons, ce n'était pas bon pour lui, il a dû abandonner. Il avait compris qu'il n'avait pas intérêt d'y toucher.

— Moi je pense que cette forte volonté de nos jours, dans cette situation, ce fait rare.
— Moi aussi je le pense. Mais Warren... je pense que vous connaissez Warren ?

insista Cassy.

— Oui, bien sûr... je vois qui c'est.
— Il a beaucoup de volonté,

appuya Cassy, toutefois en se ressaisissant.

— Ainsi, vous dites qu'il ne s'agirait que de, du-n'importe-quoi, concernant l'histoire d'Olivia ?

insinua Mme W., curieusement intéressée.

— Oui. Enfin moi et Julian nous pensons qu'il ne pourrait s'agir que de ça. À moins qu'il y ait une nouvelle explication, tout à fait raisonnable.

— Bon,

répondit Mme W. à la fois surprise et presque rassurée.

— Mais pourquoi cette histoire vous intéresse-t-elle tant ? Auriez-vous vu quelque chose vous aussi ?

demanda Cassy.

— Non, non... pas du tout.
— Mais qu'il y a-t-il concernant Jeremy ? Vous m'aviez dit en entrant que vous vouliez me parler de lui.
— Euh... pas tout à fait... C'était seulement pour vous faire comprendre qu'il n'a pas pu venir à votre soirée, à cause de ce stage plutôt si important ! Je sais à quel point vous êtes liés et ça aurait pu vous offenser... du fait qu'il ait décliné votre invitation.
— Mais... ce n'est pas grave ! D'ailleurs, je pense qu'il contactera Julian, pour lui parler de son voyage. »

À ses mots, Mme W. se leva et prit congé. Cassy la raccompagna jusqu'au portillon.

Vers treize heures, Cassy déjeuna en regardant un de ses programmes télévisés, préférés. Elle pensait cependant à la conversation qu'elle avait eue avec Mme W. qu'elle trouvait finalement, très nébuleuse. Au début, la visiteuse se trouvant devant la porte du jardin, semblait être totalement décidée à lui révéler quelque chose de bien ennuyeuse. C'était comme si elle en avait gros sur la patate. Puis les deux femmes se mirent à parler d'Olivia. Toutefois curieusement, des signes de l'anxiété avec des envies de discussion semblaient se dissiper du côté de Mme W... Cassy finit alors par se demander, ce qui lui aurait fait changer d'avis.

Pendant ce temps, Julian était chez Warren. Olivia était sortie. En compagnie d'une copine, elle avait été passer la journée chez sa sœur aînée. Ainsi, les jeunes femmes devraient passer une agréable journée, en regardant, leurs films préférés. Olivia devrait être de retour vers dix-neuf heures.

Concernant celle-ci, Warren expliqua à Julian :

«Toute cette histoire n'a pas été simple pour moi. Il a fallu que je lui fasse comprendre qu'elle devrait sortir, pour se changer les idées. Parce que je t'assure qu'elle n'arrive vraiment pas à chasser le visage de cet homme, de son esprit.

– Ah bon ! Elle penserait tant à lui comme ça ?
– Et oui ! Que veux-tu !

répondit Warren, l'air désolé.

Mais qu'est-ce qui t'amène ? Tu es venu beaucoup plus tôt que prévu.

– J'ai raconté à Cassy que j'avais un rendez-vous professionnel. Donc elle ne sait pas, que je suis chez toi en ce moment.
– Je comprends, je présume que je ne devrais rien lui dire. Heureusement pour toi, qu'Olivia était déjà sortie.
– Je voudrais te parler de Cassy. Tu penseras que je devrais régler ça avec elle : nous n'avons pas encore fixé de date, de mariage... parce que j'hésite encore.
– Pourquoi ?
– Son comportement a beaucoup changé depuis que je l'ai rencontrée. Elle est différente de la Cassy que j'avais rencontrée.
– Comment se comporte-t-elle avec toi ?

— Elle est d'une jalousie maladive. Et je déteste ça. Je deviens souvent anxieux, quand je rentre chez moi. À chaque fois, elle me demande des comptes sur des appels téléphoniques, j'en ai plus qu'assez. Si elle est comme ça maintenant, comment sera-t-elle après notre mariage ?

s'écria Julian.

— Je t'assure que je suis bien peiné pour toi. Mais peut-être que tu exagères. Est-ce bien à chaque fois que tu rentres qu'elle te pose des questions sur tes appels téléphoniques ?

— Depuis deux mois environ, ça s'est accru avec le temps, après notre rencontre bien sûr. Avec le temps, elle est devenue, de plus en plus jalouse et possessive,

se plaignit Julian.

— C'est bien dommage ! elle est pourtant bien jolie. Peut-être qu'elle était tombée avant toi, sur un coureur de jupons...

insinua Warren.

— Et elle aurait perdu toute confiance. Je me suis interrogé là dessus. Mais je n'ai pas découvert ça. À part qu'elle était sortie avec un homme de son âge... mais... cet homme n'était pas un coureur de jupons. D'après ce que j'ai appris... il l'avait vraiment aimée. Mais, il était très malade et il est parti à l'étranger, en Europe. Cassy n'a pas réussi à le joindre. Et elle s'est fait une raison, d'après ce que j'ai vu,

expliqua Julian.

— Peut-être que c'est parce qu'elle a lu trop de romans à l'eau de rose.

— C'est possible. Et elle s'imagine que le parfait amour

devrait être coûte que coûte parfait,
amplifia Julian.
– Je pense que c'est ça. J'en suis sûr.
– Je ne sais pas si je pourrai encore tenir... Combien de temps pourrais-je tenir... Ce matin, j'ai essayé de lui faire un câlin, mais elle m'a repoussé,
se plaignit à nouveau Julian,
– Pourquoi ?
– Devine...
– Parce qu'elle soupçonne que tu as quelque chose. Que tu lui caches une liaison,
répondit Warren placidement.
– Je t'assure que j'en ai ras-le-bol ! Je n'en peux plus !
– Attends encore un mois et si à la fin du mois suivant il n'y a aucun changement ou que ça s'empire, il va falloir que tu te décides... C'est tout ce que je peux te dire. Je vais en parler à un pasteur évangéliste, pour toi... Je vais en parler à Pasteur H...
– Tu peux toujours essayer. En tous cas, tiens-moi au courant. »

Ensuite, les deux hommes prirent un repas en regardant un film. Puis ils passèrent tout l'après-midi, en discutant et en regardant leurs clips préférés.

Toutefois vers quatorze heures, comme convenu, Cassy se mit à préparer son fameux dîner surprise, romantique. Elle avait pris soin de confectionner quelques petits plats préférés, de son « conjoint ».

Vers dix-sept heures, tout était déjà prêt pour ce sublime dîner aux chandelles. Un couvert pour deux personnes face à face était mis sur la table, avec deux ravissants chandeliers occupés de bougies roses ou rouges. Après avoir vérifié si elle n'avait rien oublié, Cassy monta dans la salle de bain pour se doucher et se faire une beauté...

Mais quelques temps après, alors qu'elle était en train de se mettre un peu de rouge à lèvres, le téléphone fixe retentit. Elle alla décrocher, c'était Valera. Celle-ci voulait lui confirmer son rendez-vous du lendemain. Puis les deux copines durent couper leur communication. Toutefois, Cassy était ravie de son appel.

Une heure après, en bas, dans la salle de séjour, Julian était déjà entré. Il fut d'abord abasourdi, en voyant la table magnifiquement décorée. Cassy située au premier étage, l'épiait derrière la balustrade. Discrètement, elle souffla d'un coup puis descendit doucement l'escalier. L'ayant remarquée, Julian émerveillé la contempla en se posant des questions, mais il était tout de même satisfait, car il ne voulait pas être accueilli avec une scène de jalousie. Sa dulcinée se jeta dans ses bras avant de l'embrasser. Julian se laissa faire mais après s'être ressaisi, il lui dit :

« Je dois me doucher maintenant. Et je me hâterai pour ce dîner aux chandelles... »

Et il monta à son tour dans la salle de bain.

Cassy était finalement comblée. Elle comprit que sa surprise fut une réussite. Dans dix minutes, Julian la rejoignit.

Ainsi, le couple se mit à dîner en tête à tête, en appuyant l'atmosphère sur de la musique douce. La soirée se passa à peu près comme Cassy l'avait espéré.

Dès le lendemain matin, vers neuf heures, Julian devrait se lever, puisqu'il avait rendez-vous avec Warren... et il devrait se rendre chez celui-ci.

Tandis que Cassy devrait se rendre chez Valera... ce que Julian devrait ignorer. Cassy lui avait fait croire qu'elle projetait, d'aller voir Lana.

IX
Un grand accroc

Dès le lendemain matin, Cassy se préparait pour se rendre chez Valera. Julian dormait encore ou plutôt... faisait semblant de dormir. Il souhaiterait épier sa compagne, en train de se pomponner dans la chambre. Il préférait l'observer et écouter ses moindres faits et gestes, sous les draps. Il avait toutefois apprécié la soirée en tête à tête. C'était un moment totalement agréable, chaleureux et romanesque... mais il avait peur de perdre cette ambiance qui lui apportait de la sérénité, profondément recherchée, profondément demandée, tellement il en était assoiffé. Il préférait faire celui qui restait endormi pour ne pas risquer de voir ce maudit masque de jalousie, que pourrait afficher Cassy, en cette matinée. Il pensait que le minois réveillé de sa compagne, effacerait les plus beaux souvenirs et attraits qu'il avait retenus, lors de cette dernière soirée.

Dès qu'elle fut prête, bien parfumée, Cassy jeta un regard vers Julian et partit. Aussi celui-ci sortit du lit. Mais il changea d'avis et dut rentrer à nouveau sous les draps. Il avait pensé qu'elle pourrait revenir avant une bonne vingtaine de minutes, au cas où elle aurait oublié quelque chose...

Quarante cinq minutes après, il se leva à son tour, se prépara, puis quitta les lieux.

Cassy se trouvait chez Valera. Quand elles se sont retrouvées, elles s'embrassèrent amicalement.
Cassy s'étant installée sur le divan de la salle de séjour, raconta :
> « Comme je te le disais, Julian a eu un comportement complètement étrange. J'aimerais t'en parler. Là, il est sorti, il n'est pas à la maison. Il devrait être chez Warren et Olivia.
> – Quel comportement a-t-il eu ?

demanda Valera.
> – J'étais en train de dormir à moitié, il a essayé de me toucher, je l'ai repoussé.
> – Mais alors ?
> – Ce n'est pas tout. Je l'avais repoussé parce que je sais qu'en ce moment, une certaine Mirta le contacte. Je lui ai demandé qui elle est. Et il me répond à chaque fois, "secret professionnel",

expliqua Cassy.
> – Mais, se contactent-ils de façon stable ?
> – Non. Ou du moins je ne le pense pas.
> – Bon ce n'est pas si grave. Mais le problème, ce serait de savoir qui est cette Mirta.
> – Il prétend qu'elle est mannequin... une collègue.
> – Peut-être que c'est vrai. Peut-être que... J'avoue qu'il va falloir tout de même faire attention. C'est vrai que c'est embêtant d'avoir des coups de fil de gon-

zesses comme ça, dans les portables de nos mecs !
— Mais ce qui m'a étonnée et effrayée c'est qu'il est parti très vite à son rendez-vous. D'habitude il ne se comporte pas avec moi, comme ça. D'habitude, il insiste. Je pense que je commence à l'embêter et à le fatiguer avec toutes mes questions,

dit Cassy, plutôt tarabustée.

— Ben... oui, c'est possible. Il va falloir que tu fasses un grand effort. Dommage qu'il ne soit pas comme Dimitri,

répondit Valera, de plus en plus préoccupée.

— J'ai une idée. Je vais essayer de le voir dans son lieu de travail.
— Et tu espères le trouver avec cette Mirta pour voir ce qu'il en est... Mais ce ne sera pas facile.
— Sais-tu que finalement, je lui ai fait la surprise hier soir ? je lui ai préparé le dîner aux chandelles,

annonça Cassy.

— Ah ! Finalement, tu l'as fait ? Et il était bien ? Il était content ?

demanda Valera intéressée.

— Apparemment, il était content.

répondit son amie, songeuse.

Je lui ai fait ça pour le calmer, parce qu'il était parti et il était en colère. »

En ce moment le mari de Valera, dont Dimitri, s'était absenté. Il devrait être de retour dès le lendemain. Il était en déplacement pour son travail puisqu'il était pilote de ligne. Cassy expliquait, à propos de Julian :

« Je lui avais préparé son plat préféré.

— A-t-il aimé ?

demanda Valera.

– Oui... et à aucun moment, il n'a parlé de l'incident de la veille. Je pense que c'est parce qu'il a été surpris. Il ne s'attendait pas à un dîner aux chandelles, mais à ce que je lui pose des questions sur ses messages...
– Ah... oui, je comprends. »

Après un moment de réflexion, Cassy reprit :

« Pour moi me donner accès à ses messageries, ne suffit pas.
– Oui, évidemment.
– Quand nous allions dormir, j'avais failli lui poser une question sur son rendez-vous avec ce mannequin. Mais comme j'étais beaucoup trop fatiguée, peut-être à cause du champagne, j'ai préféré me reposer.
– Finalement, ne préférerais-tu pas que j'envoie quelqu'un à ta place, pour épier sa rencontre avec cette femme ?

proposa Valera.

– Qui ? Connaîtrais-tu quelqu'un ?
– Oui. Tout simplement Dimitri, il connaît le frère d'un des employés de l'agence. En plus, son frère... je veux dire mon beau frère, travaille là-bas et il est également photographe.
– Alors, tu es en train de me dire que ton mari, connaît quelques collègues de Julian !!
– Et oui, du fait qu'il lui arrive des fois de passer à l'agence, pour voir son frère ; il s'appelle Adrian.
– Ben... oui, pourquoi pas ! Tu peux toujours essayer, répondit Cassy, ravie et soulagée.
– Je l'aviserai et il s'arrangera pour fréquenter les lieux avec son frère, au moment du rendez-vous. Il pourra peut-être t'informer de la nature de cette rencontre,

expliqua Valera.
- Bon.. ça marche.
- C'est pour quand ce fameux rendez-vous ?
- Pour vendredi prochain vers quinze heures. »

Julian était déjà chez Warren. Ils discutaient tranquillement, côte à côte, à voix basse, pour qu'Olivia se trouvant encore dans sa chambre, ne les entende pas. Elle était en train de se pomponner en rêvant. Depuis qu'elle avait vu le mystérieux jeune homme dans le jardin, elle demeurait pensive.

Julian et Warren prenaient ensemble le petit déjeuner. Ils sirotaient chacun leur café au lait, pendant qu'ils suivaient une diffusion d'un match de football (américain).

Julian avait révélé à Warren la surprise de la veille. Il lui expliquait :

« D'après moi elle n'a fait que ce qu'elle aurait dû faire depuis le début. Je m'explique, je ne veux pas être trop indulgent, mais si elle me réservait souvent de bonnes et simples surprises, comme des câlins... plutôt que de me bombarder de questions embêtantes, je ne serais pas là, en train de me plaindre ! Maintenant, j'ai de jour en jour envie d'aller voir ailleurs.

- Mais remarque que... quand même... elle tient à toi, atténua Warren, en balbutiant.
- Oui, je peux le reconnaître. Cependant dans un sens... puisque je commence à me demander si c'est de l'amour ou de l'orgueil ou de la possession ? Elle cherche tout simplement à se rattraper pour reprendre.
- Comment ? Tu penses qu'elle recommencera ?

– Oui. J'en suis persuadé. Elle est incapable de faire un effort, elle se rattrape et recommence. »

Cependant Olivia qui s'était préparée, savait que Julian était là. Elle descendit les marches de l'escalier.

Les deux hommes l'entendant descendre, devinrent soudainement muets.

Olivia alla embrasser amicalement Julian.

« Salut ! toi. Transmets mon bonjour à Cassy, dit-elle chaleureusement.

– Juré », répondit Julian fermement.

Olivia les voyant en train de suivre leur match, décida de remonter à sa chambre pour regarder ses séries télévisées préférées. Ainsi, elle dut remonter l'escalier avec son plateau petit-déjeuner.

En arrivant dans sa chambre, elle alluma la télé et s'installa sur son lit avec son plateau. Elle se pencha délicatement sur la table de chevet pour prendre la télécommande et sélectionna un programme. Elle était ravie de déjeuner en regardant un de ses téléfilms préférés... Mais une heure après, il devrait être environ dix heures ; elle s'était enfoncée dans ses draps, après avoir sélectionné une chaîne diffusant de la musique symphonique. Elle ferma les yeux et se mit à penser à l'homme qu'elle avait vu dans le jardin. Elle s'efforçait de revoir son regard, ses cheveux longs, terriblement noirs... Elle passait son temps à penser à ce personnage mystérieux. Et finalement, elle ne semblait pas être si bouleversée. Là encore une fois, elle prit plaisir à penser à cet individu qui l'aurait pourtant initialement, tant effrayée. Trente minutes après, elle se leva et changea de programme pour sélectionner un téléfilm.

Elle s'équipa d'un support, d'un papier à dessin et d'un crayon noir. Pendant qu'elle suivait le film elle se mit à dessiner l'homme mystérieux. Elle avait pris soin de choisir comme appui, un grand cahier lui permettant de dissimuler son dessin, au cas où elle pourrait se laisser surprendre, par quiconque.

Elle avait dessiné ce très beau jeune homme au visage rond-ovale, aux cheveux longs noirs...très noirs... peau rayonnante... voire même lumineuse... Elle songeait à ses yeux couleur noisette, très expressifs, exprimant du mystère. Elle essayait au mieux qu'elle pouvait, de représenter, de reproduire cette vision qui était en train de la hanter. Elle refusait d'oublier ce visage qui l'avait tant perturbée.

Pendant ce temps, Warren et Julian continuaient à suivre leur match. Et quand l'émission se termina, ils regardèrent des vidéos de clips liés à leurs musiques préférées. Ils en profitaient pour rêvasser en admirant de ravissantes chanteuses ou danseuses, évoluant en se déhanchant plus ou moins dans certains de ces séduisants courts-métrages musicaux, si bien mis en scène. Ces admirations en pleine détente seraient… choses impossibles à faire, pour Julian ; puisque Cassy l'ayant observé, lui aurait déjà passé un savon qu'il ne serait pas près d'oublier. En outre dans les clips, des femmes plus ou moins « sexys », chantaient ou dansaient en allumant nos deux visionneurs. Pour eux, il ne pouvait s'agir que d'un engouement passager, d'un rêve d'un instant sans lendemain, que d'une simple évasion... Ils observaient ces femmes désirables évoluant pendant un moment. Les deux hommes savaient qu'officiellement la propre femme idéale, la leur qu'ils avaient chacun déjà choisie, se trouvait déjà dans leur vie...

Plus tard, ils déjeunèrent avant de faire une petite sieste sur le canapé. Tandis qu'Olivia, après avoir pris un léger repas, alla se reposer dans la chambre. Ces moments de sieste étaient bien là, à cause de la lassitude de la veille. Ils s'étaient tous endormis très tard, dans la nuit. Trente minutes après, Olivia se leva pour suivre un film d'aventure, en vidéo. Elle ne voulait pas rencontrer et déranger les deux hommes qui s'étaient également déjà levés, pour écouter de la musique. Les garçons feuilletaient quelques magazines reliées au monde musical. Ils discutaient à voix basse pour qu'Olivia ne les entende pas. En admirant une photo d'une de ses idoles préférées, Julian insinua à propos de Cassy :

« Je me demande jour après jour, si je l'aime encore.
— Pourquoi dis-tu ça ?
répondit Warren, extrêmement choqué par son insinuation.
— Comme ça.
— Ne dis pas ça. Et fait un peu plus d'effort,
dit Warren, l'air distrait.
— Comment ? Ce sera difficile !
— Maintenant elle est avec toi et garde-la avec toi. Fait encore un effort pendant une à quelques semaines et tu verras... » proposa Warren en levant subitement la voix. Mais il fut interrompu par une main de son interlocuteur. Celui-ci lui avait barré la bouche. Julian paniqué eut ce réflexe, parce qu'il ne fallait pas qu'Olivia entende leur conversation. Warren ayant compris le sens de la manœuvre, se dirigea le plus discrètement possible vers le pied de l'escalier, donnant accès au niveau supérieur... Les portes de chaque pièce étaient fermées, ce qui le rassura un peu.

Il rejoignit alors Julian qui demeurait assez soucieux. Warren reprit mais en rabaissant cette fois, sa voix :

« Fait encore un effort pendant quatre semaines. Pendant ce temps je vais contacter le pasteur évangéliste sympa, qui pourra te conseiller et avec lequel tu pourras également discuter. Il est également psychologue. Beaucoup de jeunes se sont approchés de lui pour des déceptions amoureuses, pour leurs problèmes familiaux... Tu verras ! D'ailleurs je vais essayer de le contacter dès ce soir, je lui donnerai tes coordonnées.

— Je te le déconseille,

répondit Julian, avec fermeté.

— Mais pourquoi ?

. demanda Warren, intrigué.

— "Mme Cassy" me surveille jour et nuit !
— Ah ! oui ! C'est vrai ! J'oubliais !
— Appelle-le pour moi à partir de ton portable et on s'arrangera pour un rendez-vous.
— Bonne idée. Je l'appellerai ce soir même et s'il me demande pourquoi, je lui expliquerai. Mais il me vient une bien meilleure idée...
— C'est quoi ?
— Nous allons l'appeler maintenant. Peut-être serait-il disponible »,

fit Warren en allant allumer son portable. Et il reprit en disant :

« Parfois les dimanches dans l'après midi, il sort avec sa famille et... »

Ayant été interrompu, il attendit un bref instant et reprit en s'adressant cette fois-ci au pasteur, qui avait apparemment déjà décroché :

« Allô !

— Salut mon frère. C'est Warren ?

demanda le pasteur, de sa voix quasiment suave.

— Oui, c'est bien moi. Vous allez bien ?

répondit Warren.

- Oui, merci beaucoup. Et vous ?
- Oui, je vais bien. Je vous appelle pour mon pote Julian. Je vous avais déjà tellement parlé de lui.
- Oui... oui je vois qui. Mais il va bien, au juste ?
- Oui, il va bien mais... mais... il pourrait aller beaucoup mieux encore. Il a des soucis avec sa petite amie,

informa Warren.

- Ah ! une déception amoureuse ?
- Non, ce n'est pas tout à fait ça ! C'est qu'en fait il a une amie qui... » répondit Warren, très hésitant.
« Il est près de moi, voulez-vous que je vous le passe ?

reprit-il finalement, l'air décidé.

- Oh ! Oui bien sûr », répondit le pasteur.

Et Warren laissa son téléphone à Julian :

« Bonjour monsieur le pasteur !

fit Julian timidement et avec un profond respect.

- Bonjour mon frère, qu'avez-vous ? Qu'avez-vous ?
- C'est à cause de ma compagne,

murmura Julian, de crainte d'être éventuellement entendu par Olivia.

- Pourriez-vous parler un peu plus fort, je ne vous entends pas très bien,

signala le pasteur.

- Je me déplace, parce que je ne suis pas seul. »

Et il sortit pour continuer la conversation dans le jardin, mais du côté opposé à la chambre où se trouvait Olivia. Ayant compris les raisons de son déplacement, Warren avait intérêt quant à lui, de rester à l'intérieur. Il ferma alors la porte d'entrée pour que sa compagne s'étant apparemment enfermée dans sa chambre, n'entende pas l'échange téléphonique. Mais il voulut savoir par mesure de précaution, si la fenêtre de cette pièce problématique, était ouverte. Ainsi, il monta l'escalier, frappa à la porte de la chambre avant de s'annoncer. Olivia lui demanda d'attendre ; puisqu'elle était en train de rêvasser en admirant le beau portrait du jeune homme mystérieux, qu'elle avait dessiné. Elle glissa le dessin dans son cahier avant d'aller ouvrir la porte qu'elle avait fermée à clé. Warren lui demanda, l'air surpris :

« Pourquoi t'es-tu enfermée ?

– Pour que je puisse voir tranquillement mon émission,

répondit Olivia.

– Mais ce n'est pas en t'enfermant à clé, que tu ne seras pas dérangée. Bien au contraire, tu as été obligée de te déplacer pour aller m'ouvrir et en plus je frappe à ta porte pour que tu ne sois pas dérangée,

expliqua Warren,

bon, passons... Tu ne t'ennuies pas trop ? »

ajouta t-il en observant la fenêtre qui semblait être plutôt bien fermée. Finalement étant rassuré de la fermeture de celle-ci, il poursuivit en proposant :

« Que dirais-tu d'un week-end rien qu'à deux ; pour nous changer les idées. Nous irions en randonnée.

– Oui, pourquoi pas ? J'avoue que j'aimerais bien. Oui rien qu'à deux,

disait-elle avec envie, comme si elle se sentait soudainement délivrée.

– Bon alors réfléchis et... on suivra la météo et on choisira un week-end convenable. »

Puis la grosse porte d'entrée de la salle de séjour, se fit entendre. Julian étant entré, aurait fini de converser avec le pasteur.

« Bon, je descends rencontrer Julian, reprit Warren.

– Mais, pourquoi était-il dehors ? il me semble qu'il était encore là... dit Olivia.

– Euh... comme il a voulu téléphoner et que la communication ne passait pas... il a été obligé d'aller discuter dehors. »

Puis à ses mots, sa compagne abandonna le lit pour aller l'enlacer afin de lui voler un baiser. N'en demandant pas mieux, il s'était évidemment laissé faire.

Et la jeune fille lui dit anxieusement :

« Je t'aime Warren et quoiqu'il arrive, ne l'oublie pas. »

Warren devenant intrigué, prit l'initiative à son tour de lui offrir tendrement ses lèvres. Mais ensuite, il lui insinua :

« Olivia, pourquoi me parles-tu ainsi ? je t'aime et je tiens à toi. Si tu as quelque chose, tu dois me le dire.

– Je te le dirai tôt ou tard, répondit-elle.

– En tous cas au moindre souci, parle-moi ! Je pourrai également en parler au pasteur H... Bon, à tout à l'heure ; Julian doit m'attendre et tu pourras toujours te joindre à nous. Il restera ici jusqu'à dix-neuf heures, ce soir. Maintenant, il est plus que quinze heures, alors n'hésite pas à te joindre à nous, si tu en as envie.

– Merci », dit-elle en lui faisant un petit baiser sur le cou. Puis elle le libéra. Cette fois-ci, elle ferma la porte, sans la mettre à clé.

Warren alla prestement rencontrer Julian qui effectivement l'attendait, dans la salle de séjour.

    « Ça va bien ? Elle va bien ? Tu fais une des ces têtes !

indiqua Julian, sans lever la voix.

- Oui c'est vrai. Je suis inquiet parce qu'elle prononce des paroles que je n'aime pas trop entendre, du genre "quoiqu'il arrive" avec des promesses inquiétantes, alors qu'elle sait combien je tiens à elle... combien je l'aime,

répondit Warren, en murmurant.

- Pourquoi ? Que s'est-il passé ?
- Elle s'est jetée sur moi en me prenant dans ses bras comme ça, rien que pour m'embrasser et elle m'a fait comprendre qu'elle ne cessera pas de m'aimer...
- Mais parles-en au pasteur. Pourquoi ne lui en as-tu pas encore parlé ?
- "Pourquoi lui en parler" ??... Mais... je compte bien le lui en parler !! Surtout s'il y a un lien avec cette prétendue apparition ! Je vais lui en parler après que tu aies résolu ton problème avec Cassy. Ça me permettra d'observer le comportement d'Olivia, en attendant,

affirma Warren, l'air sûr.

- En toute franchise, je pense que ça pourrait avoir un lien avec cette apparition. Et c'est pour ça que tu commences à t'inquiéter, puisque ce serait la toute première fois, depuis cette apparition d'homme mystérieux, qu'elle se comporterait comme ça... ai-je dit vrai ?
- Oui. Mon inquiétude proviendrait également de là. J'avoue qu'elle ne se comportait pas comme ça auparavant. Je n'ai pas voulu y croire. Mais de toutes les

façons, je compte bien en parler au pasteur, répondit Warren, l'air rasséréné et songeur.

– Je pense que son comportement pourrait avoir un lien avec cette maudite apparition, affirma Julian.

– Cessons de parler de tout ça. D'ailleurs, j'ai proposé à Olivia de venir nous rejoindre... je ne sais pas si elle descendra, on verra bien.

– Je pense que ça lui fera du bien.

– Et as-tu bien causé avec le pasteur ? demanda Warren.

– C'est bon, j'ai pris rendez-vous pour samedi prochain en début d'après-midi. Pour que ce rendez-vous ne soit pas découvert par Cassy, il t'enverra un SMS de confirmation vendredi vers midi et si ça marche tu m'appelleras en m'envoyant un mot de code, au début du message. C'est à dire au début d'un message banal pour me demander de mes nouvelles, si "OK" est le code, tu débuteras ta phrase avec "OK" dans ton message. »

Warren lui fit signe de se taire et se rendit vers l'escalier pour vérifier si Olivia pouvait les entendre. Apparemment toutes les portes de l'étage supérieur, étaient fermées. Et s'étant rassuré, en revenant vers Julian il prit un stylo puis écrivit : *Nom de code : Alors ça va !*

« C'est ce que tu devras lire au début de mon message », lui murmura-t-il. Ensuite il reprit toujours d'une voix indistincte :

« Par contre s'il y a un souci... »
Et il enchaîna en écrivant : *Je veux te voir ce soir.*

« C'est bon, ça marche, murmura Julian, l'air satisfait.

– Sois tranquille. Allons, il va bientôt être l'heure du goûter ; et si on allait prendre un en-cas et regarder un bon film,

proposa Warren, en s'exprimant normalement.

– OK. »

Après avoir préparé chacun leur collation, ils choisirent un film. Julian avait eu l'idée d'apporter un DVD de la série *Indiana Jones* qu'Olivia ne possédait pas encore. Alors il insinua :

« J'ai pensé à Olivia. Mais peut-être pourrait-elle descendre, à condition qu'elle le veuille bien. »

À ces mots, Warren appela Olivia. Celle-ci l'ayant entendu, ne se fit pas prier. La jeune femme descendit, pour les rejoindre :

« Je suis venue, parce que de toutes les façons, je serais venue vous rejoindre... Alors, je suis venue,

dit-t-elle. Julian lui annonça :

– Nous allons voir ce film que tu n'as pas encore reçu. »

Olivia était « fan » de la série. De celle-ci, elle possédait déjà deux vidéos des films. Or, elle attendait une toute nouvelle commande de DVD, qui était toujours en cours d'acheminement. Parmi les disques, figurait le film que Julian leur avait amené.

Ainsi sur le divan, Warren s'étant installé entre Julian et Olivia, était partiellement couvert de la longue chevelure de cette dernière, qui s'était blottie à son côté. Chacun des trois suivait avec attention, le film qui leur apportait bien plus qu'un lot de consolation. Warren était enthousiasmé et semblait avoir soudainement oublié les problèmes d'Olivia, sa dulcinée... Celle-ci aurait cependant subitement oublié le mystérieux jeune homme ! Tandis que Julian semblait ne jamais avoir souffert des crises de jalousie de Cassy... Ainsi, en bénéficiant chacun d'une forme de sécurité physique, leur pensée s'était noyée dans une mésaventure, tant le suspense, le merveilleux et le voyage dans l'espace-temps, avaient réussi à envahir leur intérieur.

Pendant ce temps, Cassy étant chez Valera, pensait à Lana. Elle était bien ennuyée, parce qu'elle ne voulait plus du tout rencontrer cette pseudo-amie. Or dans la journée, elle lui avait donné rendez-vous en début d'après midi, après déjeuner.

« Cette femme je la déteste et je compte bien lui poser un lapin,

expliqua-t-elle, l'air dédaigneux à Valéra.

– Et si elle contactait Julian pour lui demander pourquoi tu n'es pas venu à son rendez-vous ? Il finira par savoir que tu ne te trouvais pas avec elle... et il se posera des questions...

– … Et il croira que je le trompe,

enchaîna Cassy.

– Écris à Lana un SMS, pour lui dire que tu seras absente à cause du bus. Et raconte à Julian que tu n'es pas allée chez elle, puisque tu as préféré te promener toute seule, dans le parc, sans Lana.

– Mais il pourrait trouver ça bizarre... ce n'est pas du tout dans mes habitudes.

– Dis-lui que c'est parce que tu voudrais être seule, voilà tout... pour méditer,

fit Valera.

– Enfin oui... Mais comme je te le disais, il est possible qu'il ne me croit pas, puisqu'il sait très bien que je n'aime pas beaucoup les parcs trop silencieux... Enfin j'essaierai. Je n'aime pas cette fille et

je ne veux plus la revoir. Mais comment faire ?
se lamentait Cassy.
- Je sais très bien que tu ne veux plus avoir affaire avec elle. Si elle te propose un rendez-vous la prochaine fois, pose-lui un lapin, puis un autre encore... et elle comprendra que tu ne veux plus avoir affaire avec elle.
- Oui. Mais si elle me demande, pourquoi ?
- Et bien ne lui réponds pas... Tu n'es pas obligée de lui répondre. Tu fais ce que tu veux, du moment que tu ne la touches pas... que tu ne la bats pas.
- Je t'assure ! Elle m'énerve !... Je n'aime pas sa tête, son visage, ses cheveux et... rien...
- Mais il faut reconnaître qu'elle est jolie et différente de toi », dit Valera.

Puis les deux jeunes filles écrivirent ensemble un texto destiné à Lana ; on déclina le rendez-vous.

Toutefois, dès le lendemain de la soirée organisée par Cassy et Julian, Lana s'était aperçue de son côté, que Cassy ne l'appréciait guère. Son ennemie invisible s'était rendue visible en si peu de temps. Cassy a été incapable de dissimuler son visage trempé de jalousie, quand elle lui parlait pendant qu'elle l'aidait à faire quelques rangements. Mais Lana aimait s'aventurer dans les parcs naturels. Elle ne se préoccupait pas des comportements, de sa pseudo-amie. Bien sûr qu'elle souffrait un peu, mais sa pensée se reposait quasiment perpétuellement sur les épaules de la passion de la nature.

En outre Cassy et Valera, après déjeuner, se mirent à regarder leurs clips préférés. Elles aimaient s'aventurer et rêver en admirant leurs idoles. Pendant ce temps, elles se « faisaient les ongles » des doigts. Valera avait alors sorti sa trousse de manucure. De même, Cassy avait apporté ses vernis. Ainsi, elles prirent soin de limer chacune leurs ongles après les avoir soigneusement nettoyés avec du dissolvant, puis elles s'empressèrent d'essayer les couleurs qui pourraient au mieux, les convenir... Elles en firent de même pour leurs orteils. Après avoir trouvé et appliqué chacune leur couleur fétiche, aussi bien pour leurs mains que pour leurs pieds, elles s'allongèrent avec délicatesse évidemment sans chaussures, sur la moquette, en regardant et en admirant leurs chanteurs préférés. Il s'agissait pour elles, des meilleurs moments pour s'extasier... Elles faisaient leur merveilleuse folie, qu'elles seraient incapables de faire tranquillement, si elles ne se trouvaient pas seules sous leur toit... Ainsi, se détendre en écoutant et en regardant la musique tout en se faisant belle, était un plaisir. C'était une véritable originale détente, mêlant uniformément, beauté et musique.

Peu après, alors qu'elles étaient en train de déguster leur petit en-cas, Valera annonça à Cassy :

« Tu sais, je pense que je ne devrais pas demander à Dimitri et à son frère, de surveiller Julian.

– Pourquoi ? Tu ne veux plus m'aider ?

demanda Cassy, avec détresse et déception.

– Pas du tout !... C'est parce que je pense que Dimitri ne voudra pas coopérer. Ça ne marchera pas si on lui parle de surveillance et de Julian... C'est pourquoi je préférerais lui raconter plutôt, que toi et moi nous voulions tout simplement visiter l'agence... enfin quelque chose de ce genre... et nous irions ensemble !

– Ah ! Oui ! Pourquoi pas »,

répondit Cassy, rassérénée.

Peu après, les deux jeunes femmes devant leur écran émettant une de leurs séries télévisées favorites, comparaient leurs cosmétiques. Elles avaient les mêmes types de peau et pouvaient ainsi recommander entre elles les meilleurs produits de beauté, pouvant être à leur convenance. Et vers dix-neuf heures trente, les deux amies dînèrent. D'ailleurs dans la journée, à maintes reprises, Valera avait dû supplier Cassy de rester pour le repas du soir. Et celle-ci avait fini par céder.

Il était vingt-et-une heures trente, Cassy rentrait chez elle ; Julian étant déjà de retour, dormait profondément dans la chambre. Cassy étonnée de ne pas le voir à sa rencontre, le chercha en l'appelant un peu partout dans chaque pièce et finit par le trouver dans la chambre à coucher. Il semblait dormir paisiblement.

Elle avait trouvé ce fait, inaccoutumé et finit par se demander que s'il s'était déjà endormi, pourquoi serait-il si fatigué ou plutôt, qu'est-ce qui aurait bien pu l'avoir épuisé, à ce point... voire même alors, s'il n'aurait pas bu ! Mais comme elle avait déjà dîné, elle décida d'aller fouiller dans le portable... du dormeur. Ainsi, s'étant préparée pour aller se coucher, elle prit le téléphone qui se trouvait dans le tiroir de la table de chevet et alla s'isoler dans la salle de séjour. Ayant introduit le mot de passe, elle se mit à lire sans scrupule, chaque message. Et après, quand elle eut fini, comme elle ne parvint pas à trouver le sommeil, elle s'installa en s'enfonçant dans un fauteuil, pour regarder un programme télévisé.

« Alors qu'as-tu trouvé ? »
lui lança subitement Julian qui se trouvait juste derrière elle... bien qu'il était censé dormir dans une des pièces situées au niveau supérieur, au premier étage... dans la cham-

bre !

Cassy sursauta... Elle s'était sentie piégée et avait pris peur, pourtant elle était très bien consciente que Julian connaissait ses habitudes. Ce qui l'avait effrayée et stressée était son regard et son changement de comportement, exprimant catégoriquement un « ras-le-bol ». Néanmoins, elle était cette fois-ci très inquiète car sa mission était de surveiller une certaine Mirta... si bien qu'elle avait fini par ne plus lui poser de questions, sur cette supposée collègue et rivale. Hésitante, elle répondit :

« Oh rien ! Je comptais seulement relire certains messages avant d'aller me coucher ».

Contrarié, Julian ne lui répondit pas et se contenta de lui jeter un regard glacial, avant de lui arracher le portable des mains. Puis il retourna se coucher.

Cependant, Cassy profondément anxieuse demeura immobile comme une statue. Elle était restée assise devant l'écran continuant à montrer sans fin, ses animations. Elle demeurait jalouse et si anxieuse, qu'elle ne put pleurer. Quand l'émission s'acheva, elle éteignit l'émetteur avant d'aller rencontrer son compagnon qui somnolait. Elle n'osa pas le prendre dans ses bras à cause de l'algarade. Julian dormant à moitié, était conscient qu'elle était déjà montée se coucher. Refusant de s'approcher d'elle, il s'abandonna paisiblement dans un sommeil profond.

X
Le sosie

Jeremy résidant encore chez ses parents, était un voisin et ami du couple, Cassy et Julian. Pendant une quinzaine de jours environ, il avait séjourné en France chez un correspondant. Donc il n'avait pas pu assister à la soirée devenue célèbre, à cause de l'insolite apparition du mystérieux jeune homme. Étant de retour ce week-end, il avait envoyé un long message électronique à son meilleur ami Gerald, avant même que celui-ci ayant été à la fête du couple, lui ait parlé du singulier évènement. Il avait écrit :

Salut, Gerald !

Dommage que tu ne sois pas venu. Je sors tout juste de l'aérodrome et je t'écris.

Qu'en était-il du banquet organisé chez Cassy et Julian ? Il m'est arrivé quelque chose de bizarre en allant camper au Mont Blanc. Un soir alors que j'étais en train de dormir avec un de mes compagnons, j'avais entendu des bruits de pas, près de no-

tre tente. Celui qui dormait à mes côtés, lui aussi avait entendu le bruit. Alors nous avons fini par regarder dehors ce qui se passait, en pensant qu'il pourrait s'agir que d'un animal comme un bouquetin. Mais nous, nous avons rien vu. Le lendemain soir, d'autres personnes c'est à dire des voisins qui bivouaquaient tout comme nous, nous ont dit avoir vu une silhouette d'un homme au teint d'une blancheur lumineuse. Le temps était couvert. L'individu serait devenu invisible ou il aurait disparu, quand la lune s'était dégagée avec le vent. Certains témoins disent qu'il est devenu invisible, d'autres racontent qu'il aurait disparu par enchantement. Le lendemain soir, notre équipe et moi, avions pris peur et nous ne savions pas si on devrait dormir ou veiller. En fait, pendant que certains faisaient le guet, les autres dormaient... ça se faisait à tour de rôle. C'est comme ça que nous avions passé la nuit. Heureusement que c'était notre dernière nuit ! Je ne pense pas qu'on aurait tenu... heureusement, qu'il a été convenu que l'on plie bagage le lendemain. Et toi, comment vas-tu ? Comment s'est passée ta soirée ? Julian et Cassy ont-ils déjà fixé la date de leur mariage ?

Gerald ayant lu son message, demeurait intrigué. Il ne pouvait pas répondre dans les meilleurs délais, tant il était confus. Il hésitait, il se demandait incessamment s'il devrait lui parler d'Olivia. Finalement il l'appela. Jeremy décrocha et lui demanda, après avoir identifié l'appel de celui-ci :

« Allô Gerald ! c'est bien toi ?

– Oui, oui c'est bien moi. Ça va bien ?
répondit Gerald.

— Qu'as-tu ? tu ne m'as pas répondu. Ça ne te ressemble pas,

fit Jeremy, intrigué.

— Excuse-moi. C'est à cause de ton histoire,

indiqua Gerald.

— Oui, qu'il y a-t-il ?

— En fait, cette soirée s'était bien passée. Mais Olivia, pendant que tout le monde s'amusait, s'était mise à crier si fort, que tout le monde avait été terrorisé,

relata Gerald.

— Ah bon ! Pourquoi ?

— Elle nous a dit avoir vu un jeune homme qui la fixait des yeux et que cet homme aurait disparu par enchantement, comme tu me l'as raconté,

expliqua Gerald.

— Vraiment ? Comme c'est hallucinant ! »

fit Jeremy, l'air distrait. Et il reprit, plus placidement :

« Bon, je sais que tu as lu mon mail ! Je t'ai raconté une histoire qui m'était arrivée quand j'avais été au mont Blanc, il y a quelques jours. Je ne pense pas que ce soit la même chose. Ou plutôt, il pourrait s'agir que d'une pure coïncidence.

— Et cet homme finalement as-tu pu le voir,

demanda Gerald, devenant de plus en plus intrigué.

— Non ! Et tant mieux ! Je pense qu'Olivia vous avait raconté des ragots,

répondit Jeremy, assez sombre.

— C'est ce que j'ai pensé moi aussi, mais depuis que j'ai lu ton mail, je commence à me poser des questions,

dit Gerald, songeur.

— À moins qu'il y ait une rumeur influente qui circule

sur internet. Pourtant, je suis sûr d'avoir entendu cette histoire anormale de la part d'individus normaux.
- Je ne pense pas que ça circule sur internet. Julian, Warren et moi avec d'autres potes, avions vérifié...
- Ma mère a été voir Julian et Cassy. Julian était absent. J'avoue que je ne sais pas pourquoi... ma mère... elle est bizarre, puisque je n'arrive toujours pas à comprendre pourquoi elle s'était déplacée. Ce n'est pas du tout dans ses habitudes... Ce n'est pas son genre. D'habitude, elle les appelle,

expliqua Jeremy.
- Ta mère ? Mais peut-être que c'était exceptionnel.
- Oui, j'y ai pensé. Mais tout de même... À mon avis, c'est trop tiré par les cheveux.
- Ah ? »

Puis nos deux amis continuèrent à converser, mais en changeant de sujet. Ils se voyaient au moins tous les dimanches, mais leur dernière rencontre avait été déclinée. Jérémy avait accumulé une forme de fatigue, lors de son voyage. En plus, à cause des faits étranges, son ami avait hésité de le contacter, ce qui avait fini par l'inquiéter.

Jeremy était passionné de randonnée. Toutefois au mont Blanc, il a été tout de même effrayé vers la fin de l'expédition, quand il bivouaquait sous sa tente. Il savait ce qu'il avait entendu, comme son coéquipier. En pleine nuit alors qu'ils allaient parvenir à s'endormir, des bruits de pas sourds se laissaient entendre sur la neige. Ils avaient alors pensé qu'il s'agirait d'un animal... Mais le doute s'était amplifié quand ses voisins également campeurs, avaient juré en signalant avoir vu, un individu se dissipant crûment comme de la fumée, alors que la pleine lune se dégageait de plus en plus... Gerald de son côté espérait profondément qu'Olivia aurait raconté que des histoires. Ce qui le perturbait davantage n'était pas le récit, mais l'attitude d'Olivia. Il la trouvait beaucoup trop convaincante, autant que l'histoire n'avait rien à voir avec une affaire classique, à l'eau de rose. Il serait alors difficile de penser qu'elle aurait menti !

La mère de Jeremy se nommait Mme Lisa W... Elle était avocate et son mari se prénommant Tony, était journaliste. Jeremy était leur seul fils, unique. Lisa était inquiète à cause des révélations de Gerald. Celui-ci lui ayant raconté vaguement l'incident survenu lors de la fête, avait réussi sans le savoir, de lui avoir suscité une peur apparente... Mais elle s'était rassérénée, quand Cassy lui avait laissé entendre qu'Olivia déraillait. En plus, quand Jérémy lui avait raconté sa mésaventure, elle conclut qu'il pouvait s'agir que d'une foutaise. Finalement, son appréhension concernant l'étrange histoire d'homme mystérieux, s'était éteinte peu à peu... aussi bien que l'histoire l'avait dérangée de plus en plus, dès le début.

Son union avec Tony avait tendance à battre de l'aile et cette lutte aurait duré quelques années. Puis peu à peu, leur relation semblait se stabiliser sans avoir récupéré toutefois, la perfection de la beauté des liaisons amoureuses initiales. Si le couple semblait aller mieux, le comportement de Lisa était devenu en quelque sorte, inquiétant. Par exemple un soir, elle fit un cauchemar qu'elle préféra dissimuler à son conjoint. Après avoir hurlé dans la nuit, son mari voulut lui demander les raisons de sa perturbation. Pour s'échapper de l'interrogatoire, elle lui répondit très vaguement qu'elle avait cru entendre quelqu'un, entrer au rez-de-chaussée de leur maison. Mais Tony n'était pas dupe ; il était persuadé que son épouse n'était pas éveillée, avant d'avoir poussé un cri d'effroi. Pourtant, celle-ci maintenait fermement son explication en niant qu'elle dormait.

Un petit matin, Jeremy prenant son petit déjeuner observait Lisa sa mère, qui semblait être souffrante. Cette dernière annonça d'ailleurs à son fils et à son mari, tous deux attablés :
> « Mangez sans moi, je dois aller m'allonger parce que je ne me sens pas très bien... sans doute, parce que j'avais mal dormi hier soir. »

Et elle alla retourner se coucher. Cependant, en rentrant dans sa chambre, la jeune femme semblait être tout à coup si bien à l'aise... elle alla se débarbouiller pour réajuster sa beauté.

Après avoir pris rapidement une douche, elle s'habilla et dut demander de « vive » voix à la domestique (puisqu'il y en avait une), de lui apporter son petit déjeuner, au lit. Tony et Jeremy qui discutaient, furent surpris de l'aspect du ton de l'interpellation, s'adressant à la bonne. Les deux hommes avaient cru entendre subitement, une voix suave, radieuse et pleine de vitalité... rien à voir avec une voix de femme souffrante. Finalement, ils conclurent qu'elle était tout simplement un peu fatiguée, parce qu'elle aurait mal dormi et qu'elle souhaiterait prendre son repas au lit, pour éventuellement se reposer davantage, par la suite.

Jeremy demanda à son père :
> « Papa, pourquoi maman fait-elle des cauchemars ?
> – Je ne sais vraiment pas ! Je lui avais déjà posé la question, mais elle me répond systématiquement qu'il ne s'agit pas de cauchemar et que c'est parce qu'elle croit avoir entendu, du bruit dans la cuisine ou dans la salle à manger.
> – Pourquoi a-t-elle été voir Cassy ?
> – C'est pour savoir comment elle allait, c'est pour a-

voir de ses nouvelles... puisque tu n'es pas allé à leur soirée, bien que tu avais été invité. Mais Gérald lui, s'y est rendu !...
répondit-il avec une goutte d'humour.
– Ainsi tu trouves donc ça normal qu'elle se soit rendue chez eux !
– Ben, oui...
– Ce n'est pas du tout dans ses habitudes, remarque qu'elle aurait pu les appeler. Julian et Cassy lui ont donné le feu vert pour les appeler... Remarque que pendant un moment, elle avait même été la confidente de Julian en lui donnant quelques tuyaux, pour qu'il puisse renforcer son couple. »

Dans la chambre à coucher, Lisa avait caché sous ses draps, son téléphone portable... dans lequel, un message d'amour s'était affiché. Elle semblait avoir tant attendu ce texto. Elle s'était assise sur son lit et devant son ordinateur, installé sur une table spéciale. Elle fit signe de rentrer, à la domestique ayant frappé à sa porte. Ainsi comme convenu, son plateau-repas fut installé sur sa table de chevet, tout à côté d'elle. Puis, la servante sortit. Les vrombissements du portable avaient déjà alerté Lisa. Ainsi elle lut le texto qu'elle avait tant espéré. Il était écrit :
As-tu bien dormi ma chérie ? Je n'ai pas cessé de penser à toi hier soir, tu m'as tant manqué. Je t'aime si fort – appelle-moi le plus tôt possible.
Le message était signé Teddy. Après avoir une ou deux fois lu le texto, elle l'effaça sans omettre toutes traces historiques. Puis elle éteignit le portable qu'elle alla cacher dans une poche interne, d'une de ses vestes. Juste au moment où elle retourna s'installer dans son lit pour consulter internet en prenant son petit déjeuner, elle laissa entrer Tony

qui avait frappé à la porte. Elle n'éprouva aucune gêne. Ses messages reçus étaient ponctuels et systématiquement effacés. Et elle connaissait très bien les horaires et surtout les habitudes de son mari... celui-ci ne pouvait et ne voulait rien voir. Jeremy ne sachant rien, sentait tout de même que sa mère avait depuis quelque temps, des comportements plutôt surprenants.

Or à titre exceptionnel, Tony devrait se rendre à l'outre-mer pour un reportage qui devrait durer sept jours, environ. Donc, après s'être préparé pendant quarante minutes, il embrassa avant son départ, son épouse et son fils... et partit.

Deux heures après, Lisa alluma son téléphone pour contacter Teddy. Tellement impatiente d'entendre sa voix, elle préféra l'appeler avant, pour une brève conversation. :

> « Bonjour bébé, Tony vient juste de partir, nous avons six jours pour nous revoir,

dit-elle à voix basse pour ne pas être entendue.

– J'ai hâte de te revoir. Es-tu seule ?

répondit Teddy.

– Je t'envoie un SMS, parce que Jeremy est encore ici, il risque de nous entendre », expliqua-t-elle, en continuant à réduire le son de sa voix. Puis elle coupa la communication.

Et elle écrivit à Teddy, c'est à dire celui qui devrait être en fin de compte, son amant :

> *Bonjour mon chéri. J'ai hâte de te rencontrer. Ça a été pour moi un calvaire. J'ai des choses à te raconter. Pourrions-nous nous voir ce soir après dîner vers 20 heures ? Jeremy dort chez son ami.*

Elle envoya le message et laissa évidemment son portable allumé pour attendre la réponse. Puis elle chercha sur internet un film à son goût, afin de passer du bon temps. Quinze minutes après, sous les draps, son téléphone vrom-

bissait en émettant un son sourd. Elle découvrit alors avec satisfaction et joie, le message de Teddy. Il avait écrit :
Bonjour ma jolie - on se donne RDV à 20h - je passerai te chercher comme la dernière fois – appelle-moi donc, dès le départ de Jeremy.
Lisa lui répondit en écrivant à la suite du message : *OK.*

Après le petit déjeuner, Jeremy se trouvait dans la salle de séjour, il bouquinait tranquillement. Et sur ses pieds, son chien Tex, un bouvier bernois, s'était posé la tête pour se reposer. L'animal recevait de temps en temps les caresses de son jeune maître. Après quatre bonnes heures de lecture, Jeremy se jeta sur son portable pour appeler Gerald. Mais, puisque la ligne était occupée, il lui envoya un texto :
Gerald je te confirme que je viendrai ce soir à dix-huit heures trente, à bientôt. P.S. : je viendrai avec les DVD.
Puis il coupa la communication. Il devrait être un peu plus de midi, il eut faim. L'odeur des épices et des sauces avait éveillé ses sens et il dut se présenter dans la cuisine. Là, il trouva la domestique. C'était une jeune étudiante d'une vingtaine d'années ; elle se nommait Arsinoe. Elle était jolie et était sa cadette de trois ans. Il la trouvait agréable à regarder et l'aimait beaucoup mais, il n'était point amoureux d'elle.

Dès qu'il arriva à la porte de la cuisine, il lui demanda gentiment :

« Qu'allons-nous déjeuner ?
– Il reste encore le repas de hier et il y a une tarte à l'oignon qui cuit au four.
– Je prendrai seulement une part de tarte à l'oignon et une crudité.
– Bien ! Je t'appellerai dans quarante minutes.

– Merci », lui répondit-il avec respect tout en lui témoignant son amitié, manifesté par un sourire. Puis il alla prendre son portable, qu'il avait laissé sur la table de la salle de séjour, avant de monter à sa chambre avec Tex.

Plus tard vers dix-huit heures, Jeremy quitta son domicile pour se rendre chez Gerald qui l'attendait impatiemment. Pendant ce temps, après le départ de son fils, Lisa se fit une beauté pour partir rencontrer Teddy. Toutefois elle avait préféré prendre le dîner chez elle, pour ne pas réveiller de soupçon. Et peu après, la domestique prit congé.
La Cadillac noire, silencieuse de Teddy, était garée près de la villa. Toute joyeuse et toute parée, Lisa entra dans le véhicule. Les deux amants s'embrassèrent longuement et partirent. Ils avaient quitté la ville et la voiture roulait silencieusement. Teddy était un très séduisant jeune homme aux cheveux longs et noir de jais. Il conduisait ce soir là Lisa, chez lui, pour y passer la nuit avec elle.
« T'étais-tu rendu au "banquet" chez un couple se nommant Cassy et Julian ? Ils avaient fêté l'anniversaire de leur rencontre,
demanda Lisa avec insistance et empressement.
- Non. Pourquoi ?
- Parce qu'un des invités a prétendu t'avoir vu dans le jardin de la villa.
- Non. Et d'ailleurs je t'en aurais déjà parlé. Cette personne a dû avoir vu un de mes sosies, par exemple...
- Quand Gerald, l'meilleur ami de Jeremy m'en avait parlé, j'ai tout de suite pensé à toi. Et ça m'a mise mal à l'aise. En plus on prétend que tu aurais apparu puis disparu comme de la fumée. Ces derniers

détails ne m'ont pas retenue, mais il m'a parlé d'un homme très beau aux cheveux longs, avec un visage rayonnant.
- Oui et alors ? C'est plutôt vague comme description.
- Oui, je le reconnais...» répondit Lisa, démunie.

Effectivement, Teddy possédait en général, le même signalement que le personnage insolite de la fameuse soirée. Cependant, il existait des distinctions entre les traits et l'expression du visage, de chacun des deux hommes. Notamment, le regard du jeune amant était souvent trempé de tendresse. Celui-ci se mit à mentionner :

« Ce soir là, j'étais énervé parce que je savais que Tony était chez toi et probablement te tenait dans ses bras... Comprends-tu ?
- Quand il me prend dans ses bras, je ne pense qu'à toi. En plus je t'avoue que depuis un certain temps, il ne me prend plus si souvent dans ses bras. Et pendant la soirée organisée, bien qu'il était à mes côtés, je dormais... rassure-toi et je ne pensais qu'à toi et également à Jeremy qui était en France, sans plus »,

répondit Lisa, à la fois modeste et authentique.

Dès le lendemain matin à l'aurore, après une nuit d'amour, Lisa s'étant levée osa réveiller Teddy qui somnolait en l'enlaçant de ses bras.

« Teddy mon amour excuse-moi de te réveiller, je suis anxieuse et je ne peux pas faire autrement que de te réveiller si tôt. Je te laisserai dormir après. C'est promis...
- Qu'y a-t-il ma chérie ? »

répondit-il sans difficulté, puisqu'il ne dormait plus réellement. Il se contentait de fermer les yeux, probablement pour dissimuler son état de conscience, tout en ayant éventuellement la possibilité de se laisser glisser à nouveau, dans un sommeil profond. Et Lisa lui répondit :

« Il faut que tu saches que c'est sérieux entre toi et moi.
- Mais je ne te dis pas le contraire ! Je t'ai même demandé en mariage. Mais tu m'as répondu que tu souhaiterais attendre.
- Oui, c'est vrai. C'est à cause de Jeremy. Il n'aime pas les surprises. Et il fait ses études. Le mieux ce serait d'annoncer au grand jour notre union, après qu'il ait terminé ses études. Cela ne pourrait pas prendre plus qu'un an. Il a une petite amie qui travaille déjà...
- … Penses-tu que ton mari acceptera le divorce ? interrompit Teddy, l'air sombre.
- J'espère que oui. Tony croit que j'ai oublié ou que j'ai passé l'éponge sur ses relations avec ses maîtresses. Il est parti tout content, comme si j'étais devenue la femme soumise du jour au lendemain.
- Il est parti en déplacement, penses-tu qu'il a encore repris contact avec une de ses anciennes maîtresses... à moins qu'il ait déjà trouvé une nouvelle.
- Je m'en fiche complètement. L'essentiel pour moi, est de ne pas brutaliser Jeremy avec notre union, avant six à neuf mois. Après son examen, nous aviserons. C'est pour ça que Tony ne doit pas être mis au courant de notre union... tu comprends... C'est pour protéger Jeremy, que je procède comme ça. Même si Tony nous découvre, ça ne me pose aucun souci, à condition qu'il ne dévoile rien à Jeremy !... Mon souci est Jeremy.
- Avec le sale tour qu'il t'avait fait, ce Tony... Ah

ça ! »

Il y a huit ans, en sortant du travail et voulant faire une agréable surprise chez eux, à son mari, Lisa découvrira celui-ci dans les bras d'une femme qu'elle ne connaissait pas. Elle avait alors surpris son conjoint et une rivale, s'enlacer respectivement en tenue d'Adam et Ève, sur le lit conjugal. Jeremy étant évidemment absent ce jour-là, ne soupçonnera rien. Lisa était tombée sur ce tableau épouvantable parce qu'elle était partie en déplacement, pour plaider une affaire qui avait été malheureusement et heureusement traitée, beaucoup plus rapidement que prévu... Mais comme son mari lui avait juré de ne plus recommencer et prétexta qu'il l'aimait encore, Lisa lui accorda une seconde chance pour sauver leur mariage... Cependant elle avait parlé beaucoup trop vite, puisque sa confiance envers lui s'était estompée peu à peu et les disputes commencèrent à s'installer, au sein de leur relation.

Et des années plus tard dans un lieu public, elle rencontrera Teddy qui l'avait surprise, en lui ramassant un stylo à bille qu'elle avait jeté accidentellement, par terre. Elle tomba éperdument amoureuse du jeune homme ; le regard tendre de ce dernier l'avait profondément séduite. De même, ce personnage tellement inattendu eut le coup de foudre pour elle. Quand ils s'étaient regardés, le monde autour d'eux s'était éteint. Lisa notamment, avait oublié son entourage... et l'homme n'avait qu'une envie, la revoir... Il n'hésita pas à lui offrir ses coordonnées. Puis depuis... ils se sont revus... et revus...

XI
La surprise

Depuis la courte algarade nocturne, à cause de la mauvaise surprise liée au portable, les relations entre Cassy et Julian se gâtaient. Julian évitait de lui parler ; le couple se voyait uniquement le soir au couché pour se dire « bonne nuit ». Et chacun dormait de son côté. Cassy s'était alors demandé combien de temps encore, cette tension allait durer. Donc cela lui pesait lourd et jour après jour, l'anxiété s'amplifiait. Pour Julian, l'affaire pourrait être résolue le week-end ou du moins, il se sentirait beaucoup mieux pour probablement trouver le bout du tunnel, après l'assistance du pasteur H... En attendant, Julian faisait tout pour éviter tout contact avec Cassy, dans la mesure du possible. Il en avait décidé ainsi, tant qu'il ne discuterait pas avec le pasteur ! Toutefois il aurait pu avant son rendez-vous, aplanir et adoucir les choses avec sa compagne, pour essayer de sauver au mieux, son couple. Mais il ne le fit pas, car il ne souhaitait point se fatiguer. Pour lui, c'était peine perdue...

Le jour tant attendu de Cassy, arriva. Ce jour là, elle devrait savoir si éventuellement, son compagnon lui serait infidèle. Finalement pour l'aider, Valera lui avait proposé d'aller épier Julian, à son travail. Elle avait alors demandé à l'avance à son mari Dimitri, de l'emmener à l'agence de mannequins, où... Adrian, travaillait. Elle prétexta que ce serait pour admirer les mannequins et de voir à quoi pouvait ressembler une séance photographique... Et évidemment elle ajouta, qu'elle emmènerait Cassy avec elle. Connaissant les goûts de son épouse, qu'il voyait souvent rêver devant les clips, Dimitri ne soupçonna rien et accepta... bien qu'il savait que Julian était le compagnon de Cassy... Il avait l'habitude de se rendre une à deux fois par mois, sur les lieux de travail de son frère. Or ce vendredi, à quinze heures, Julian et Mirta s'étaient donné rendez-vous. D'après ce qu'aurait compris Valera, cette rencontre devrait avoir lieu dans l'agence.

Comme convenu, Dimitri, Valera et Cassy en voiture, se rendirent à l'agence de mannequins. En arrivant, Dimitri quittant sa voiture, demanda à son épouse et à son amie :
« Alors, vous ne descendez pas ?
– Non, puisqu'il y aurait une séance dans quarante minutes, c'est trop tôt, on viendra dans dix minutes,
répondit Valera.
– Bien, donc plus tard on viendra vous chercher. »
Et Dimitri se rendit à l'agence. En réalité, les deux femmes préférèrent rester discuter afin qu'elles puissent bien se mettre d'accord, sur leur coopération :
« Et si ça se passe mal et qu'il me découvre ?
demanda Cassy à Valera.
– Remarque que c'est un risque à prendre,
répondit Valera, sérieuse.

- Finalement vas-y toute seule.
- C'est d'accord et dès que je les aurais bien observés, je reviendrai, je t'appellerai quand j'aurai au fur et à mesure, des renseignements. »

Cassy alluma son téléphone portable. Et quelques minutes après, Adrian venait les chercher. Valera sortit en recommandant à sa meilleure amie de rester allongée sur la banquette arrière pour que Julian ne la voie pas. Et celle-ci ne se fit pas prier.

« Et Cassy, elle ne veut pas venir ?
demanda Adrian à sa belle-sœur.
- Euh... non, elle viendra tout à l'heure... je tâcherai de revenir la chercher quand elle m'appellera »,
répondit Valera en s'efforçant de garder tout son calme le plus naturellement possible.

C'est ainsi que celle-ci, accompagnée de son beau-frère, rentrèrent dans l'agence. Ils rencontrèrent Dimitri qui les attendait. Ensuite, Adrian escorta Valera dans un couloir donnant accès à une pièce, destinée à des séances photographiques. Là pour attendre, on pria la jeune fille de s'installer confortablement sur un fauteuil.

« Si tu veux nous rencontrer, nous sommes à la salle d'à côté », lui informa Adrian avant de s'éloigner.

« Si Julian te demande pourquoi tu es ici, tu lui dis que tu es ma belle-sœur... et que tu m'attends... et que je ne vais pas tarder », reprit-il.

À ses mots, il la quitta pour de bon. Cinq minutes après, Valera entendit au couloir, des bruits de pas, s'approchant... C'était un couple marchant, main dans la main. Il s'agissait de Julian et d'une jeune femme. Cette jeune fille demeurait souriante et Julian semblait totalement adorer sa présence. Ils s'embrassèrent amoureusement, en entrant dans la pièce. Ils n'avaient pas encore remarqué la présence de Valera.

Sur le choc, cette dernière avait failli jeter accidentellement, un magazine qu'elle avait emporté, pour mieux optimiser la dissimulation de sa surveillance. Elle se releva et continua à les observer. Le couple l'ayant finalement aperçu fut dérangé. Julian surpris, lui demanda poliment :

« Bonjour ! Vous venez pour un casting ?
- Non, je suis la belle-sœur de votre collègue Adrian. Et il m'avait tout simplement demandé de l'attendre ici, pendant cinq minutes.
- Ah! OK.
- Mais je voudrais sortir maintenant,

indiqua Valera, confuse.

- Pourquoi ? Vous ne nous dérangez pas du tout. D'ailleurs je dois voir Adrian tout à l'heure.
- Oui, mais je dois aller le rencontrer parce qu'il est avec mon mari.
- Bon d'accord ! »

Et Julian la laissa partir. Désemparée, Valera quitta l'agence et accourut dehors vers la voiture de Dimitri pour y rejoindre Cassy. Celle-ci s'étant tenue couchée sur la banquette arrière, finit alors par s'asseoir. Valera entra prestement pour s'installer à côté d'elle, avant de claquer la portière... tant elle était désobligée.

« Qu'y a-t-il Valera ?

demanda Cassy, surprise.

- Pourrais-tu me décrire Julian ?

répondit Valera, tourmentée.

- Il est brun, cheveux mi-longs... mince... légèrement barbu... Pourquoi ? Pourtant tu l'as déjà vu !
- Je pense que je l'ai vu avec une autre femme. Ils se tenaient, main dans la main... avec complicité. Je pense qu'il y a entre eux, bien plus qu'une amitié.

— Oh ! Non ! Ce n'est pas possible ! Tu mens !
— Je ne t'aurais pas emmené jusqu'ici pour te mentir, après tout... vas-y ! »

Cassy commotionnée et en larmes, sortit et courut vers l'agence. Valera alla essayer de la rattraper. Elle la supplia de revenir.

« Cassy, n'y va pas... n'y va pas... », hurla-t-elle mais le plus calmement possible, de crainte d'être entendue par certains employés de l'agence, notamment par Julian. Mais, comprenant l'obstination de son amie, elle se contenta alors de la rejoindre pour l'accompagner vers Julian. Elle la conduisit dans la pièce, là où le supposé couple serait censé travailler. En arrivant sur les lieux, on découvre un mannequin dont Mirta, faisant diverses poses devant un « Julian » tellement concentré, tellement préoccupé de prendre son modèle en photo... Ainsi le photographe ne put remarquer sa compagne jalouse, en train de l'observer en lui lançant un regard froid et interrogateur. Il suivait si fidèlement le mannequin. Valera chuchota à l'oreille de Cassy : « Partons. »

Cassy regarda Valera dans les yeux et se dirigea vers Julian. Elle s'écria impudemment :

« Bonjour, Julian ! C'est Cassy ! »

L'homme qui l'avait trahie se tourna alors vers elle. Il n'en revenait pas. L'air abasourdi, il lui demanda :

« Mais que fais-tu ici ? Tu devrais être à la maison !
— Non, mais je t'ai vu entrer dans l'agence avec ta putain de mannequin.

Julian confus et décontenancé, lui demanda donc :

— Mais où étais-tu ? »

Puis il jeta un regard effaré sur Valera. Et les deux femmes abandonnèrent précipitamment les lieux pour rentrer dans la voiture. Adrian et Dimitri n'ayant heureusement rien entendu de l'algarade, discutaient dans une pièce à proximité. Ils étaient néanmoins de plus en plus inquiets et intrigués par les bruits de pas des allers-retours des jeunes femmes. Ils allèrent alors rejoindre Julian, demeurant interloqué. Adrian troublé par le comportement de son collègue, lui demanda :

« Que s'est-il passé ? Tu m'as l'air si embarrassé !
- C'est Cassy, ma fiancée ! elle avait voulu me faire une surprise qui ne s'est pas bien passée », interpréta Julian.

Dimitri n'ayant rien compris se contenta de sourire. Mais, son frère prit Julian séparément, pour discuter. Ainsi, les deux photographes s'écartèrent du mini-groupe pour parler ensemble et tranquillement à voix basse, de leur affaire professionnelle, pendant quelques minutes. Tandis que Dimitri et Mirta s'échangèrent très amicalement, de chaleureux bonjours et de parole sans intérêt.

Dans les vingt minutes après, Julian en compagnie de sa muse s'étaient déjà relancés dans leur travail. Cependant, Adrian dans sa loge avait terminé de ranger quelques accessoires photographiques, qu'il alla transporter dans sa voiture. Son frère alors l'aida. Or, Valera et Cassy se trouvaient dans le véhicule de Dimitri. Puisque leur voiture se trouvait pratiquement côte à côte, aisément nos deux hommes découvrirent Cassy, en train de sangloter. Près d'elle, Valera désemparée cherchait en vain à la consoler. N'étant évidemment point au courant des véritables raisons de la présence de ces deux filles, les deux frères crurent qu'elles s'étaient fait agresser par un ou plusieurs éventuels voyous du quartier.

« Que se passe-t-il ? Qui vous a attaquées ? Ici il y a un peu de tout !

demanda Adrian ébahi.
— ... Nous n'avons pas été attaquées, glissa Valera, c'est que Cassy a eu une mauvaise surprise, en allant voir son conjoint travailler. »
Elle observa Cassy lui faisant un signe des yeux. Ayant eu l'autorisation de parler, elle ajouta donc :
« Elle a découvert que Julian aurait une liaison avec sa collègue Mirta. Je les ai même vus, s'embrasser. Cassy voulait lui faire une surprise mais, malheureusement... Et la suite vous la connaissez.
— Ah ! je comprends tout, exprima Adrian avec tristesse.
— Mais Valera, est-ce que ça allait entre eux ? intervint Dimitri, ébahi.
— Oui et non », répondit Valera, hésitante.

Finalement, les deux frères conduisant chacun leur véhicule, quittèrent les lieux. L'une des voitures comprenait les époux avec Cassy ; et l'autre, Adrian tout seul, qui les suivait. Mais les deux véhicules devraient prendre un même itinéraire, car il avait été convenu de se rendre chez M. Dimitri B...

Pendant qu'il conduisait, Adrian plutôt intrigué par le malheur de Cassy, se demandait ce qui aurait amené Julian à avoir trahi celle-ci si crûment de cette façon. Finalement, il conclut que ce serait soit parce que son collègue ne serait pas vraiment amoureux, soit parce que Cassy aurait été infidèle.

Cependant, Dimitri proposa à Cassy de rester chez lui tout au moins pendant son conflit avec Julian. Il lui ajouta

également :
> « Je te propose de t'emmener chez toi pour que tu puisses récupérer tes affaires. Mais si tu ne veux pas rencontrer Julian, je te conseillerai de faire vite.

– Merci c'est gentil. Vous pouvez me déposer... » répondit Cassy, confuse et apaisée.

Elle était si profondément troublée, qu'elle ne pouvait qu'accepter la proposition, tant elle recherchait du réconfort et ne souhaiterait plus revoir celui qui l'avait profondément blessée. Alors comme convenu, Dimitri devrait au préalable se rendre chez elle. Cependant, Adrian à bord de son véhicule se posait des questions, puisque son frère ne prenait pas l'itinéraire attendu. Mais, lui faisant confiance, il se contenta de le suivre. Ainsi il s'aperçut qu'après un bref arrêt de la voiture qu'il suivait, les deux copines s'échappèrent du véhicule, pour accourir vers une villa qu'il ne connaissait pas. Puis il vit Dimitri garer la voiture, sur le trottoir. Il en fit de même. Et après quelques minutes, il vit son frère à pied, en train de s'approcher de lui. Ainsi, celui-ci finit par lui expliquer :

> « Cassy est allée chez elle chercher ses affaires. Elle ferait mieux de venir avec nous... Elle est trop peinée à cause de Julian. D'ailleurs, si elle ne vient pas avec nous, Valera et elle communiqueront ensemble toutes les journées... sans parler d'une éventuelle accumulation de stress, que pourrait avoir Valera, à propos de Cassy. Et de toutes les façons Cassy finira par la suite, par venir chez nous. Valera lui demandera... à ce... que... qu'elle vienne chez nous. Il vaudrait mieux éviter d'éventuelles disputes et stress. Il vaut mieux prévenir que guérir ! Moi personnellement, je pense qu'on ne devrait pas laisser Cassy toute seule dans son chagrin !

– Oui mais Cassy... si elle le souhaite, elle pourrait avoir une discussion avec Julian si elle l'aime encore... ... Pauvre femme ! »
répondit Adrian, n'ayant pas quitté son véhicule. Il demeurait songeur et mélancolique.

« Remarque que nous ne devrions pas trop nous en mêler. Cette histoire ne peut concerner que Cassy et Julian ; Valera est là uniquement pour réconforter Cassy. Mais je pense tout comme toi, qu'elle devrait discuter avec lui, je compte bien le lui proposer tout de même, on ne sait jamais ! Ça pourrait être un bon coup de pouce, pour sauver la vie du couple,
exposa Dimitri.

– Pauvre jeune fille... »
se lamentait Adrian.

« Ah! Les voilà... » reprit-il quelques instants après, en s'écriant. Il s'était rasséréné en découvrant finalement, que Cassy, ne serait pas isolée.

Et effectivement, les deux jeunes filles traînant chacune une petite valise à roulette, quittèrent la villa. Dimitri alors venant à leur rencontre, leur demanda de rentrer dans la voiture. Puis il prit l'initiative de ranger lui-même, les deux valisettes dans le coffre. Et nos deux véhicules continuèrent enfin leur parcours, en se rendant cette fois-ci, chez Dimitri.

En outre, dans l'agence, il devrait être presque dix-sept heures, Julian avait achevé avec anxiété son travail. Son comportement déconcertant finit par alarmer Mirta. Elle lui demanda :

« Julian qu'as-tu ?
– Sais-tu qui était la fille qui accompagnait Cassy ? Je sais que je l'ai déjà vue quelque part, mais je n'arrive

> pas à m'en souvenir...
> – … Oui ! Moi je m'en souviens »,

intervint subitement Mirta en levant la voix, comme si elle s'empressait de crier, « *victoire !* ».

> « Selon mon frère, elle aurait eu des problèmes à cause de son ex qui lui aurait fait honte... D'après mon frère, son ex lui avait joué ce sale tour parce qu'il était jaloux. Mais heureusement qu'avec le temps, cette histoire a été enterrée,

continua-t-elle, l'air assouvi et calme.

> – Ah oui ! Je m'en souviens. En fait c'est parce qu'elle l'avait plaqué pour un autre ! Oui je m'en souviens maintenant. Elle a été victime de calomnie, de la part de son ex ; enfin c'est ce que certains racontent. Moi je pense qu'il s'est senti humilié,

répondit Julian, en levant légèrement la voix.

> – Elle s'appelle Valera... si ma mémoire est bonne.
> – Moi dans le fond, je suis de tout cœur avec elle. Mais c'est curieux que Cassy ne m'ait jamais parlé d'elle. Pourtant, elle me parle de ses fréquentations.
> – Moi je pense que c'est à cause des calomnies, qu'elle n'a pas voulu te parler d'elle,

dit Mirta.

> – Ah ! c'est possible.
> – Et que comptes-tu faire avec Cassy ?

demanda Mirta, assez sombre et intéressée.

> – Je vais lui envoyer un message pour lui dire, que je ne voudrais pas la revoir pour l'instant,

répondit Julian, avec simplicité.

> – Ah bon ?

fit Mirta.

> – Je pense que je ne l'aimais pas vraiment. Et en plus,

elle s'est montrée beaucoup trop jalouse. J'étais beaucoup plus anxieux que je ne le suis actuellement. C'est bizarre mais c'est comme ça. Je me sens plutôt libéré. »

Julian comme Mirta, se mirent à ranger les locaux avant de quitter les lieux ; puisqu'ils avaient fini de travailler.

Julian signala :

« Je vais l'appeler pour savoir si elle va mieux. »

Il alluma son portable et découvrit un texto de Cassy. Le message venait d'être posté :

J'avais des doutes, tu m'as menti sur notre relation, j'ai quitté la maison, je passerai récupérer plus tard d'autres affaires.

Julian lisait son message. Il devint presque rouge comme une pivoine parce que selon lui, Cassy n'aurait rien compris, à propos de leur relation. Il avait vu cette fille autrement. Il la voyait différente de toutes les femmes... et en plus, douce... et compréhensive. Mais à cause de la jalousie de celle-ci, il ne put découvrir et ressentir les qualités qu'elle aurait pu lui montrer. Alors, le temps passa et il rencontra Mirta qui à son étonnement, était différente selon lui, de tous les mannequins qu'il avait déjà rencontrés.

Ce qu'il aimait chez Mirta et qu'il ne trouvait plus ou pas chez Cassy, était le minimum de confiance. Ceci lui aurait permis de connaître et de s'approcher davantage de la femme qu'aurait été désormais, cette ex-fiancée. Durant toute leur relation de quatre ans environ, il n'a pas pu découvrir le charme de Cassy. Les attraits de cette femme avaient été anéantis, par la jalousie... Mais il existait bien un autre problème ; c'est que l'attirance que Julian avait pour elle, n'aurait pas été suffisamment ample, pour développer la puissance de sa patience, afin de négliger et de combattre au mieux, les crises de cette dulcinée. Et c'était ce manque qui interpellait Adrian ; puisque celui-ci pensait que son collègue devrait être follement amoureux de Cassy... si bien qu'il avait été amené à supposer, que ce serait à cause de cette dernière que l'incident était arrivé... À moins que Cassy aurait été atteinte d'une jalousie tellement dévastatrice.

Mirta était secrètement tombée amoureuse de Julian. Et ce fut lors d'une des récentes séances photographiques, qu'ils s'étaient rapprochés. Toutefois, Julian avait trouvé cette femme, différente, des autres mannequins. Par conséquent il pensait trouver en elle, la soi-disant senteur des jeunes filles qu'il pouvait croiser en dehors du monde du mannequinat.

La ravissante Mirta était dotée d'une beauté rare. En plus, elle était réservée et passionnée de la nature. D'ailleurs, elle connaissait très bien Lana et Julia avec lesquelles elle avait déjà fait une randonnée, dans le parc national des North Cascades.

Ce soir là, Julian n'eut pas envie de rentrer chez lui, de crainte de rencontrer à nouveau Cassy, qui devrait retourner pour récupérer ses autres effets personnels... Mais quand ? Il ne le savait pas, puisqu'elle ne l'avait pas précisé. Il demanda à Mirta :

« Tu fais quoi ce soir ? Je suis embêté... Cassy devrait passer à la maison pour faire ses bagages.
– Quand ?

demanda Mirta, l'air décidé.

– Elle ne me l'a pas précisé.
– Tu devrais discuter avec elle, mais... si c'est elle que tu choisis... je comprendrai...

balbutia-t-elle avec tristesse et courage.

– Que me racontes-tu ? Mirta quoiqu'il advienne, je ne retournerai pas dans les bras de Cassy. Elle m'a déjà gâché presque quatre longues années d'existence et je ne dois pas prendre de risque, en retournant vers elle. Un an ! c'est déjà un calvaire !... Donc si tu le veux je serai à toi. Tu représentes pour moi un univers tout à fait mystique et enchanté par ta beauté et ton esprit... comment pourrais-je t'expliquer... »

Mirta extrêmement ravie l'interrompit en s'approchant de lui. Elle avait posé sur les lèvres de son bien-aimé, ses jolis doigts délicats et fins. Et les deux tourtereaux se serrèrent l'un contre l'autre, avant de s'embrasser sur la bouche. Après leur baiser d'amour, Julian lui demanda :

« Voudrais-tu que je reste chez toi avant que Cassy déménage ?
– Je n'y vois aucun inconvénient. Mais il va falloir... que... ce soir, tu passes prendre quelques affaires pour une semaine... pour l'instant... C'est un risque à prendre, mais tu ne seras pas seul. Je t'accompagnerai. »

lui répondit-elle d'une voix exquise.

Ces mots avaient énormément réconforté Julian. Et ainsi, ce soir là, celui-ci alla prendre ses quelques effets personnels... Le couple naissant, n'eut pas l'occasion de croiser Cassy. Et sur le chemin du retour, c'est à dire lors du second parcours, il a été convenu de se rendre chez Mirta. Donc contrairement au premier voyage, Julian en voiture devrait suivre le véhicule de sa nouvelle compagne, vivant dans une luxueuse résidence.

Ainsi, Julian s'installa chez Mirta. Ils passèrent une soirée inoubliable. Ils étaient dans un agréable appartement situé au premier étage d'un immeuble chic, se situant dans un endroit calme, sentant le bois sauvage. Le bâtiment était entouré d'un jardin occupé d'un silence, épousant en plein jour, le chant de quelques oiseaux. Pour y accéder, il y avait un portail sécurisé.

Dès le lendemain matin, alors qu'il se trouvait dans la salle de bain, Julian ayant bien évidemment passé toute la nuit avec celle qui pourrait être la femme de sa vie, écrivit un texto à Warren :

Salut Warren ! C'est moi Julian. Je souhaite te voir dans la matinée, sinon appelle-moi. J'ai une nouvelle à la fois bonne et mauvaise à t'annoncer. Il faut que je te parle dans la matinée. Je ne suis pas chez moi, mais je suis chez une copine.

Une heure après, Warren l'appela :

« Qu'as-tu frère ? Qu'est ce qui se passe ?
demanda Warren d'un air avide.

— Es-tu assis ? Et as-tu un verre d'eau à côté de toi ? Je te conseille d'en boire un coup. »

Warrren surpris, s'assit sur son lit puisqu'il se trouvait dans sa chambre. Il ne but pas d'eau, mais essaya de se préparer autant qu'il put, pour accueillir la nouvelle qu'on allait lui annoncer.

« Qu'est ce qu'il y a ?
lui demanda-t-il sous un ton sombre.

— J'ai rompu avec Cassy,
annonça Julian

— Comment ?? Mais comment as-tu pu le faire ?

— Enfin je n'ai rien fait à part qu'elle m'ait surpris avec une collègue... celle dont je t'avais parlé.

— Mirta ? "La femme magnifique aux cheveux noirs ?"
se souvint Warren.

— Oui, c'est ça.

- Mais comment ? Que faisais-tu avec elle et comment se fait-il que Cassy t'ait vu avec elle ?
- Bon, je t'expliquerai ça plus tard. En tous cas tu es déjà avisé. Et puis pour l'instant je suis chez Mirta, parce que je ne veux plus rencontrer Cassy,

lui informa Julian.

- Ah ! Je vois... Mais ton problème est alors résolu. Tu tiens toujours à rencontrer le pasteur H. ?
- Oui... Je savais que tu me poserais cette question. Je dois le voir, on ne sait jamais,

répondit sereinement, Julian.

- Mais en quel état se trouve Cassy ? Lui as-tu tout de même un peu parlé depuis, au téléphone ?
- Non. Et puis ça s'est passé hier. Bon... et à plus tard vers quatorze heures pour le rendez-vous avec le pasteur H... Allez... bye ! »

Et on coupa la communication.

Mirta s'était déjà levée. Elle n'avait pas pu entendre la conversation téléphonique, car elle se trouvait dans sa cuisine américaine et se concentrait sur la préparation du petit déjeuner. La télévision était en marche et elle pouvait vaguement écouter les nouvelles du jour. Peu après, quand elle eut fini, elle alla près de Julian qui l'avait déjà rejointe, puisqu'il l'attendait dans la salle de séjour, alors qu'il contemplait des objets et quelques posters appliqués aux murs de la pièce. Mirta lui amena un plateau-repas, avant de retourner prendre le sien. La jeune femme demeurait tout de même tracassée et Julian le voyant bien, lui insinua :

« Ne pense plus à Cassy. C'est une histoire ancienne déjà enterrée.
- Mais, je ne pense plus à Cassy ! Rassure-toi,

fit-elle en allant s'asseoir près de lui.

- Mais alors pourquoi sembles-tu si anxieuse ?
- Oh rien ! »
répondit-elle en lui caressant les cheveux.

Finalement, tout en se divertissant devant leur grand écran, ils se mirent à discuter agréablement d'affaire se rattachant à leur profession.

Et plus tard aussitôt après le déjeuner, Julian alla chez Warren qui l'attendait. Warren n'était pas si surpris de la nouvelle qu'on lui avait annoncée, puisqu'il connaissait très bien les souffrances de son ami... à cause d'une femme beaucoup trop jalouse et beaucoup trop obstinée. De son côté, il avait eu l'idée de lui proposer de la quitter si elle le rendait malheureux, mais il eut un manque de courage qui le désarmait à tous les coups... et en plus, il aimait bien Cassy. Et voilà que son frère de cœur lui annonça cette mauvaise nouvelle ! Il avait toujours préféré essayer d'adoucir les tensions du couple, car il ne voulait sûrement pas être responsable de leur séparation.

Ainsi, les deux amis se rendirent dans le salon. Cependant, au premier étage, Olivia étant dans la salle de bain, était préoccupée. Elle était en train d'appliquer sur son visage, un masque de beauté. Après l'application, elle se rendit dans la chambre, alluma la télé, choisit un programme et alla s'allonger sur son lit pour se détendre.

Tandis que nos deux hommes se trouvant au rez-de-chaussée, ne s'ennuyaient point non plus. Julian s'apprêtait à raconter à son ami, la mésaventure de la veille.

« J'avais pris rendez-vous avec Mirta, vers quinze heures, pour une séance photo... Et j'ai vu en rentrant dans la salle, une jeune femme de type afro-amérindienne, c'était Valera. Te souviens-tu d'elle ?
commençait à exposer Julian.

– Oui ! Mais qu'est-ce qu'elle devient après tout ce temps ? J'espère qu'elle n'a pas tenu compte du mauvais sale tour de son ex ! Puisque je peux te jurer qu'il ne la valait pas. Après tout, je pense qu'elle a bien fait de choisir celui qu'elle préférait ! Un point c'est tout !
– Tu veux parler de Dimitri ? Parce que si tu... tu ne le sais pas... en fait, ils se sont mariés... et son mari s'appelle Dimitri... il est le frère d'un de mes collègues. Enfin, c'est ce qu'Adrian, mon collègue... m'a appris hier. Mais, je me rends compte que tu te souviens bien de Valera »,

balbutia Julian. Puis après un moment de réflexion, il continua :

« Comme je ne l'avais pas vraiment reconnue, je lui avais demandé si elle était venue pour un casting. Mais elle m'a répondu que non et qu'elle était la belle-sœur d'Adrian. Mais euh... en entrant dans la pièce, je n'avais pas encore vu Valera, mais elle nous avait déjà vus, moi et Mirta en train de nous embrasser.
– Oh !
– Ensuite Valera est sortie. J'avais pensé qu'elle avait été voir Adrian. Mais cinq minutes après, alors que j'étais en train de bosser avec Mirta, elle était revenue avec Cassy... Cassy ne m'a pas giflé mais elle m'a laissé entendre qu'elle a découvert mon penchant pour Mirta. Valera a dû lui dire que j'avais embrassé Mirta.
– Oh ! quelle scène !

dit Warren, à la fois inquiet et navré pour Cassy.

– Finalement, je n'ai rien à perdre en abandonnant

Cassy, bien au contraire. J'ai trop galéré durant quatre ans. C'est d'ailleurs pour ça que je tiens à rencontrer le pasteur H... c'est pour que je puisse me libérer psychologiquement, à cause de tout ce que cette Cassy m'a fait endurer.

— Oui, je comprends. Dans un sens, tu n'y es pour rien ! Pas plus que Mirta ! C'est seulement son comportement... qui en serait responsable,

répondit Warren, en faisant allusion à Cassy.

— Aussi, je me demande maintenant si elle m'intéressait tant que ça. Je me suis installé chez Mirta au moins pour une semaine ; parce que je suppose que Cassy pourrait aller chercher ses affaires, dans les sept jours. Et le serrurier viendra dans une semaine.

— Tu veux absolument éviter de la rencontrer, à ce que je vois,

constata Warren, l'air très serein et réfléchi.

— J'ai peur de sa réaction,

justifia Julian.

— Contacte-la et propose-lui un jour pour qu'elle puisse récupérer ses effets personnels.

— J'ai voulu le faire mais j'ai pensé qu'elle pourrait croire, qu'elle me fait peur... Mais ce n'est pas le plus important pour moi. C'est plutôt sa réaction qui m'inquiète le plus !! Et si elle devenait subitement agressive ?

— N'empêche que tu as raison. Mais il me vient une idée, si jamais tu te trouves chez toi et qu'elle débarquait à l'improvise, appelle-moi,

signala Warren.

— Et si tu ne décroches pas ?

— Laisse-moi un message. Et je viendrai. Pourvu qu'el-

le ne s'amène pas pendant que je suis au boulot !!
– Mirta voudrait vivre avec moi dans la villa.
– Oh ! Ce serait une bonne idée ! J'ai hâte de la voir. Je n'ai pas encore parlé d'elle à Olivia,
indiqua Warren, enjoué.
– Mais comment va Olivia ?
demanda Julian, intrigué.
– Mieux... mais elle semble être de plus en plus rêveuse... tu comprends ? »

Puis les deux hommes continuèrent leur discussion en quittant la maison, car ils devraient se rendre à pied chez le pasteur H...

En arrivant chez l'homme d'église, qui vivait dans une magnifique villa dans le voisinage, ils furent accueillis par un caniche blanc, lançant crûment des aboiements aigus et secs. Le portail ayant été déjà ouvert, Warren et Julian, n'avaient plus qu'à sonner avant d'entrer. Le pasteur H. et son épouse vinrent chaleureusement et amicalement à leur rencontre. Mme H. prit Warren avec elle pour lui offrir un apéritif ; tandis que Julian avait été s'enfermer avec le pasteur dans une pièce à proximité, dont un bureau. Avec confiance, Julian se mit à relater à l'homme d'église, sa relation impliquant sa récente séparation avec Cassy :

« Quand je croyais pouvoir retrouver dans ses bras, un peu de réconfort, j'entendais que des insultes et je ressentais du rejet... de la jalousie...
– Mais il serait bon de discuter en tête à tête avec elle ; si tu veux encore sauver ta relation,
répondit le pasteur,
– Inutile !
– Ah ! Et pourquoi donc ?

– Parce que je ne l'aime plus. Et je pense que je ne l'aimais pas vraiment. Sinon j'aurais pu surmonter toutes ces scènes de jalousie et faire l'impossible pour la garder, en la suppliant de changer de comportement.

– Bon ! Mais elle... comment va-t-elle ?

demanda le Pasteur, soucieux.

– Franchement je ne le sais pas ; j'espère qu'elle va beaucoup mieux en ce moment et qu'elle supportera notre séparation. Je suis vraiment navré pour elle. Mais je préfère ne plus avoir affaire avec elle.

– Bon ! Après tout, ton histoire a trouvé un changement plutôt positif pour toi, puisque tu as réussi de te libérer de cette relation toxique ; et pour épouser une femme, il faut l'aimer vraiment. Donc si tu ne l'aimais pas vraiment, c'est OK.

– J'ai peur de la rencontrer. Donc pour une semaine environ, je me suis installé chez Mirta,

– Pourquoi ? Ah ! aurais-tu peur de sa réaction ?

– Exactement. Il se pourrait qu'elle devienne agressive et qu'elle m'attaque physiquement...

– Il peut arriver qu'on ne puisse pas comprendre et deviner la réaction d'un esprit jaloux. Et aimes-tu Mirta ?

– Oui... Je ne peux pas affirmer que j'ai eu le fameux coup de foudre classique. Mais elle m'attire énormément et je m'entends beaucoup mieux avec elle. Il faut savoir aussi qu'elle est différente de Cassy. Et plus je la découvre, plus je l'aime. En fait je dirai tout simplement que... je l'aime,

exposa Julian avec authenticité.

– Bien alors pas de souci pour ça. Mais n'aie pas peur

de Cassy. Cassy est humaine. Il ne faut pas la craindre. Mais il y a quelque chose qui m'échappe dans cette histoire... euh... est-ce bien ta maison ? Es-tu le propriétaire ? locataire ?
- Non, propriétaire.
- Ah ! Tu pourrais lui demander de t'avertir quand elle viendra récupérer ses affaires et tu devrais changer la serrure de ta porte. Mais tu as peur parce que tu penses qu'elle pourrait s'en prendre à toi par jalousie.
- Son attitude m'inquiète,

déploya Julian, désabusé.
- Et oui ! Je te répète qu'il ne faut pas la craindre en te stressant ainsi ! Tout de même, tu as raison de te méfier. Mais je ne pense pas qu'elle irait jusqu'à t'attaquer physiquement... Et qu'importe ce qu'elle pense de toi... du moment d'éviter de la faire trop souffrir... C'est bien fini entre vous ?
- Oui, absolument.
- Alors tu peux faire tout ce que je t'ai recommandé : changement immédiat de ta serrure et surtout demande lui de t'avertir.
- De toutes les façons, les serrures d'entrée seront changées, j'ai déjà pris rendez-vous. Et le serrurier devra venir dans une semaine. J'ai peur que Cassy m'agresse, à moins qu'elle envoie quelqu'un pour faire le sale boulot à sa place ! Mirta m'a dit qu'elle se débrouillera pour être avec moi quand Cassy passera. Warren aussi, sera là...
- Bien ! C'est encore mieux », répondit le pasteur. Après un moment de réflexion, il se dirigea vers sa bibliothèque pour y arracher un livre qu'il alla tendre à Julian.

C'était une bible neuve. Il indiqua :
« C'est pour toi.
– Combien je vous dois ?
demanda Julian surpris et indécis.
– Rien du tout. Je te l'offre et fais-en bon usage.
– Merci !!
– De rien. Et que le Christ soit avec toi et te bénisse. Je prierai pour toi. Et n'hésite surtout pas à me contacter après le passage de Cassy.
– C'est promis. »

Et les deux hommes quittèrent le bureau. Ils rejoignirent Warren et Mme H. qui discutaient en dégustant des « apéros ». Mme H. s'approcha de Julian pour lui offrir un sachet comportant une boisson et des parts de denrées. Elle lui avait préparé cette collation, parce qu'il n'avait pas pu prendre d'apéritif avec Warren.

« Oh merci, Mme H., il ne fallait pas ! »
dit Julian ému, par la gentillesse de la jeune femme. Puis les deux amis prirent congé et quittèrent la villa.

En chemin, Julian insinua à Warren :
« Tu avais raison, il est vraiment sympa... Sais-tu ce qu'il y a dans le sac ?
– Je préfère ne pas te le dire. C'est une surprise... Enfin je peux te dire qu'il devrait y avoir une part de gâteau. Mais le reste, tu le découvriras toi-même...»
fit Warren. Puis il reprit en prenant un ton plus vigilant :
« Alors, ça a été ?
– Oui. Finalement je me sens beaucoup mieux... Je préfère changer ma serrure le plus tôt possible et demander à Cassy de me prévenir quand elle viendra chercher ses effets personnels. En rentrant chez toi, la toute première chose à faire serait, de lui en-

voyer un SMS.
- Tu pourras changer ta serrure donc dès demain dans la matinée, à moins que tu préfères, lundi.
- Le plus tôt serait le mieux. Donc en rentrant j'appellerai le serrurier pour lui demander s'il ne pourrait pas passer demain matin. Enfin, si c'est possible. Je lui dirai que c'est urgent !
- En fait, je viendrai demain chez toi. On se donnera rendez-vous chez toi, avec le serrurier,

proposa Warren.
- Je viendrai avec Mirta !
- Ah oui ! J'en profiterai pour emmener Olivia.
- Remarque qu'il serait bien d'y passer la journée ensemble, tous les quatre,

proposa Julian, l'air radieux.
- Bonne idée ! » répondit vivement son ami.

Ainsi en arrivant chez Warren, Julian se mit à écrire un texto destiné à Cassy.

Bonjour Cassy ! Je t'écris pour t'informer que si tu désires récupérer tes autres affaires, de me prévenir, parce que j'ai changé la serrure de ma porte.

Olivia se trouvant parmi eux dans la salle de séjour, était en train d'écouter de la musique.

« Bonjour Julian ! » s'exclama-t-elle en allant l'embrasser amicalement. Et elle reprit :

« Comment va Cassy ? Envoie-lui le bonjour de ma part. »

Julian se contenta de sourire niaisement ; tandis que Warren gêné, semblait vouloir fuir sur la pointe des pieds, la conversation.

« Qu'est ce qui se passe ? elle est tombée malade ?

reprit Olivia, sentant qu'un ennui planait.
– Non,
intervint finalement Warren,
c'est que Julian l'a plaquée. »
À ces mots, Olivia surprise, poussa un petit gémissement avant de placer sa main devant la bouche.
« Tu aurais pu me le dire plus tôt !
dit-t-elle d'un air contrarié, à Warren.
– J'aurais pu, mais j'avais pensé qu'il était trop tôt et qu'ils allaient se revoir pour faire le point ensemble et éventuellement, renouer. Mais je comptais bien te le dire ce soir même, de toutes les façons... Excuse-moi de ne pas te l'avoir dit plus tôt !
– Mais pourquoi ? Vous vous entendiez pourtant, bien ! »
fit Olivia, en s'adressant plus placidement à Julian qui lui répondit fermement :
« Non, elle était trop jalouse, trop possessive et je ne l'aimais pas suffisamment,
– Ah ? »
s'écria-t-elle soudainement mais assez sereinement, avec un ton trempé d'une compréhension ; tandis que son air surpris s'était subitement éteint, tant la raison qu'on lui avait exprimée serait selon elle d'une évidence, sans détour...
Julian lui expliqua :
« Je suis avec Mirta. C'est une femme vraiment superbe. Il est possible que tu fasses sa connaissance dès demain.
Warren s'adressant également à Olivia, ajouta :
– On ira demain passer la journée chez Julian. Et Mirta sera là.
– Oh chic ! »

répondit sa compagne avec douceur. Et Julian demanda à celle-ci, l'air inquiet :

« Penses-tu pouvoir te joindre à nous ?
— Si je ne me sens pas bien, on rentrera le plus tôt possible, avant la tombée de la nuit »,

répondit-elle en s'adressant également à Warren qui lui demanda à son tour, avec un air tourmenté :

« N'auras-tu pas peur de l'endroit où tu aurais vu l'étrange jeune homme ?
— Non, je vais essayer de vaincre ma peur. Je pense que ça ne devrait pas me poser de problèmes,

répondit-elle d'un air très songeur,

et puis, je voudrais voir cette Mirta »,

ajouta-t-elle avec gaieté. Ensuite Warren lui annonça :

« Dans la matinée, un serrurier viendra pour le changement des serrures des portes d'entrée. »

À ces mots, Olivia annonça alors à tout le monde :

« Bon ! je vais monter.
— Mais tu ne nous déranges pas du tout ; je dois partir tout à l'heure,

lui signala Julian.

— Non, ce n'est pas à cause de toi, je voudrais bouquiner un peu. À demain ! »

lui répondit-elle avec un grand sourire chaleureux, avant de l'embrasser très amicalement.

Et Warren emmena Julian avec lui. Avant d'entamer leur discussion, les deux amis attendirent alors qu'Olivia ait totalement gravi l'escalier. Après s'être enfermés ensemble dans le salon, Julian s'empressa de demander à Warren :

« Sincèrement, comment va-t-elle ?
— Comme j'avais essayé de te l'expliquer, elle est de

plus en plus rêveuse.
– Et sais-tu exactement pourquoi ?
– Non... et je me demande encore, si ce n'est pas à cause de cette horrible vision qu'elle avait eue pendant la fête. Mais je n'en suis pas convaincu. D'ailleurs elle a l'intention de venir demain, donc je ne le pense pas.
– Mais qu'est-ce qui te fait dire qu'elle est devenue de plus en plus rêveuse ?
– C'est peut-être à la façon de s'exprimer...
– Mais ça ne suffit pas comme explication !
– Enfin ouais, tu as raison »,
fit Warren, plutôt indécis. Mais il continua avec inquiétude :

« Je l'ai retrouvée une nuit ici même dans la semaine, elle était allongée, presque dénudée... sur le sofa. Dans la nuit, alors que mon sommeil s'était coupé, je voulais la serrer fort dans mes bras, pour continuer à dormir... mais là, j'ai vu qu'elle n'était plus au lit et après l'avoir cherchée et appelée, je l'ai retrouvée endormie dans le salon. Je me suis demandé si elle n'était pas devenue somnambule. Et elle était à moitié déshabillée. Elle prétend ne pas savoir, comment elle s'est trouvée dans le salon. Pourtant pour cela, il faudrait bien qu'elle descende les escaliers ! Dans la nuit, je n'avais absolument rien entendu.
– Et ça s'est passé quand ?
demanda Julian, médusé.
– La nuit du mercredi.
– Mercredi dernier ?
demanda Julian toujours choqué.

– Oui,
répondit Warren.
– Mais tu n'as pas remarqué d'autres anomalies ??
– Non. À part qu'elle semble s'exprimer avec beaucoup plus de douceur.
– Pourtant je n'ai pas vraiment vu qu'elle s'exprimait avec tant de douceur comme tu le prétends... mais quand même, tu l'entends bien plus souvent que moi. Donc je préfère en tenir compte. En tous cas s'il y a encore autre chose, dis-le-moi... et si ça s'aggrave, on en parlera au pasteur H...
– Ouais. »

Mais ce que nos deux hommes ne savaient pas, c'est qu'Olivia n'étant pas si dupe, avait réussi à descendre l'escalier, sans bruit, pour essayer d'écouter leur petite conversation, à partir de la salle à manger. Elle s'était appliquée à poser une de ses oreilles contre le mur se situant en commun, avec le salon. Elle put entendre quelques bribes de discussion des deux garçons, puisqu'ils avaient omis de baisser le ton de leur voix. Et quand elle comprit qu'ils allaient sortir, car Julian s'apprêtait à prendre congé, elle accourut vers la cuisine et ouvrit la porte du réfrigérateur. Elle fit semblant de chercher quelque chose à manger. Et quand les deux amis quittèrent le salon pour de bon, l'air naïf, ils l'aperçurent sans rien suspecter... Ensuite, Julian partit.

Warren s'approcha d'elle, alors qu'elle s'était déjà finalement engagée, à préparer un repas pour dîner.
« Je prépare un hot-dog pour dîner. Et toi en voudrais-tu un pour ce soir ?
– Oui, tu peux m'en préparer un », répondit Warren.

Olivia avait rencontré son compagnon dans des circonstances romantiques. Elle avait été chagrinée et déçue parce que son ancien petit ami, lui avait posé un lapin. Et ce n'était pas la première fois qu'il agissait ainsi, puisqu'il ne la respectait point. Et un jour qu'elle l'attendait... attendait... et attendait... encore ; elle fondit en larmes, puisque son ami n'était évidemment pas venu au rendez-vous amoureux. Elle se mit à sangloter en fermant les yeux tout en essayant de se barricader le visage, derrière ses mains. Mais un homme était là, en train de l'observer et elle ne pouvait pas le voir. Ne sachant que faire, le garçon lui avait alors demandé pour quelle raison elle pleurait. Après qu'elle s'était essuyé les yeux, pour découvrir son interlocuteur inconnu, elle ne lui répondit pas tout de suite. Elle s'était contentée de le contempler, tant elle avait été foudroyée par la beauté et le charme de cet individu qui n'était rien d'autre que Warren. Elle s'était dit qu'il était l'homme de sa vie. Et depuis, ils ne se quittèrent plus...

Maintenant elle était heureuse de se trouver dans les bras de celui qu'elle aimait encore, mais elle ne savait pas ce qui s'était passé depuis qu'elle avait vu cet homme mystérieux dans la soirée, chez Julian. Mais elle semblait savoir à peu près pour quelle raison, elle s'était trouvée sur le sofa et pourquoi elle avait dessiné le portrait du jeune homme. Cependant, la raison profonde de ses étranges comportements commençait à l'inquiéter de plus en plus obsessionnellement. Ainsi pour elle, tout aurait pu aller beaucoup mieux, si elle pouvait comprendre ce qui lui arrivait réellement en ce moment. Selon elle, depuis l'étrange apparition, elle ne se sentait point, aussi joviale qu'auparavant.

Et plus tard, environ deux heures après, il devrait être à

peu près dix-neuf heures, Julian était déjà chez Mirta qui l'attendait avec joie. Il lui proposa de venir passer la journée chez lui demain, en compagnie de ses amis.

« Super ! Demain matin ?
demanda Mirta.
- On devrait se lever demain matin bien avant sept heures, puisque le serrurier viendra à neuf heures. Warren et Olivia viendront eux aussi.
- Ce sont tes meilleurs amis ? Tu m'avais déjà parlé d'eux. Et bien finalement, tu avais bien fait de voir le pasteur H...
- Oui, j'avais bien fait. »

Et avant d'aller se coucher, il devrait être plus que vingt-trois heures, la nuit était déjà tombée et au ciel, la lune étant belle, excellait. Mirta se trouvant à la fenêtre de sa chambre, s'était vêtue d'une nuisette blanche, en satin. Elle avait pris soin d'avoir éteint la pièce. Comme il régnait une chaleur estivale, elle se laissait caresser par le vent, soulevant avec tendresse, sa longue chevelure noir corbeau. Elle savourait le délicat contraste d'une authentique fraîcheur, émergeant du souffle. Julian qui venait de se laver et de s'habiller pour la nuit, alla la rejoindre. Il la prit dans ses bras sans qu'elle se retourne vers lui, car elle continuait à observer le jardin, tout en méditant. Elle laissait l'homme qu'elle aimait, l'embrasser sur le cou.

Le paysage étant décoré de taches nocturnes, était éclairé par la pleine lune blanche et imposante. La pelouse était verte, grisâtre. Elle reflétait si délicatement et si gracieusement, de léger éclairage public. À cette heure-ci, le jardin de la résidence était vide et Mirta en était consciente. Quand soudain, elle crut avoir aperçu quelque chose, sous des fougères assombries... mais il n'y avait rien... Mirta alors se calma et ferma les yeux, pour mieux ressentir la tendre caprice du vent se mêlant aux caresses de son concubin. Après, en les rouvrant, elle aperçut dans le jardin un séduisant jeune homme en train de l'observer. Il avait le teint aussi blanchâtre et lumineux que la lune. Elle sursauta et s'adressa alors à cet inconnu :

« Bonjour monsieur ! Seriez-vous un nouveau voisin ? »

Julian qui l'entendit parler, regarda également dehors pour savoir ce qui se passait. Ainsi il fut surpris de ne rien apercevoir... il ne vit rien, à part la pelouse verte, grisâtre, se laissant effleurer par le vent, évoquant une pure fraîcheur estivale. En revanche Mirta voyait cet homme pourvu d'une longue chevelure noir ténébreux, flottant au vent. Ce mystérieux personnage ne lui répondit pas, mais se contenta pendant un instant de la fixer du regard, avant de jeter un coup d'œil sur sa montre qu'il portait à son poignet. Et il disparut, au fur et à mesure que la lune qui s'était dissimulée derrière de gros nuages, se dégageait.

À cette scène, Mirta si abasourdie poussa un petit cri strident ; tandis que Julian fut incapable de comprendre ce qui se passait. Tout décontenancé, il lui demanda alors :

« Que se passe-t-il Mirta ? Il n'y a personne dehors !

— As-tu vu ce que j'ai vu ?? Ou c'est moi qui suis en train, de devenir folle ??

s'écria Mirta, anxieuse.

— Je t'assure que je n'ai rien vu ! Il n'y a rien ! Il n'y a personne dehors !!

insista-t-il, l'air inquiet.

— Il y avait là un homme qui me fixait des yeux. Il était brun et ses cheveux étaient longs. Il avait un teint diaphane brillant... comme la lune. Et il a disparu, quand la lune est réapparue.

— Je vais en parler à Warren et à Olivia. J'enverrai un SMS à Warren ce soir même. Et quand je le verrai demain on en reparlera,

se disait posément Julian, pour lui-même, l'air inquiet.

— Oh ! c'est terrible ! »

s'exclama Mirta médusée. Elle se retourna vers Julian, pour se blottir complètement dans ses bras. Mais après un instant, elle le lâcha car étant prise de frayeur, elle alla fermer prestement les volets, puis la fenêtre, avant d'allumer la chambre. Et elle rejoignit Julian qui la reprit dans ses bras pour continuer à la réconforter. Et ils allèrent se coucher. Mais ne parvenant pas à s'endormir, ils décidèrent alors d'allumer la radio, pour essayer de calmer leur émotion... et peut-être même... à trouver le sommeil.

XII
Le curieux intrus

Le lendemain matin vers sept heures trente, comme convenu, Julian à bord de sa voiture conduisait Mirta chez lui. En arrivant, il trouva la voiture de son ami, garée près de la villa. Effectivement, Warren et Olivia l'attendaient l'air pensif, apparemment à cause du texto qu'il leur avait envoyé, la veille. Il leur avait indiqué très vaguement, que Mirta aurait aperçu le jeune homme mystérieux. Les deux couples s'échangèrent fraternellement des bonjours, de même que Julian n'omit pas de faire la présentation, de sa nouvelle conquête. Olivia s'était mise à considérer cette dernière longuement, parce qu'elle avait l'impression qu'elle était différente de Cassy. Entrant dans la maison, les couples se préparèrent des boissons chaudes qu'ils allèrent siroter autour de la table de la salle à manger, pour discuter tranquillement, en attendant l'arrivée du serrurier. Celui-ci leur avait promis son passage dans la matinée, aux alentours de neuf heures.

Ainsi, les quatre amis se mirent à causer. Warren demanda à Julian :

> « Pourrais-tu me donner un peu plus d'explications sur ce que tu m'as raconté ? J'ai lu ton message ce matin... cet homme était-il aussi bizarre, tel qu'Olivia nous l'avait raconté ?
> – Tu parles de bizarre, ça pourrait être pire que ça... "Bizarre" serait peut-être un piètre mot !! »

répondit Julian. Et en s'adressant à Mirta il reprit :

> « Mirta, raconte leur ce que tu as vu.
> – Hier soir, il devrait être un peu plus que vingt-trois heures, j'avais vu un homme qui a disparu dans l'air. Mais, je ne sais pas, il m'a semblé qu'il serait inoffensif... Un moment, il avait regardé sa montre... Je ne sais pas pourquoi. Voudrait-il me signaler quelque chose ? Et il avait disparu jusqu'à ce que la lune soit dégagée par les nuages, on aurait dit que c'était la pleine lune »,

relatait Mirta. Et peu après, étant prise d'émotion, elle continua avec hésitation :

> « Ce que j'ai vu c'est que... quand la lune avait réapparu, puisque... elle avait été éclipsée par des nuages... et bien... il a disparu exactement en même temps. Je voudrais insister sur la proportionnalité...
> – Vraiment ? ? Tu penses qu'il y aurait un lien entre cette lune et cet homme ? A-t-il disparu en s'évaporant dans la nature ? »

lui demanda Warren, décontenancé. Car il avait consciemment cru que Mirta avait tout simplement vu le personnage, comme un simple humain.

> « Oui ; mais ce n'est qu'une impression que j'ai eue. Peut-être que Julian ne voit pas du tout les choses de cette façon. Mais il est fort possible que par rapport à cette lune, qu'il ne s'agissait que d'une coïn-

cidence ! Pour l'instant, je vous ai dit ce que j'ai vu et mes impressions. Je lui avais demandé s'il n'était pas un nouveau résident. Il m'a regardée fixement sans me répondre. Je n'ai pas pu dormir la nuit... »
expliqua Mirta plus sereinement et normalement.

– Moi non plus »,
intervint Julian. Et Olivia satisfaite, indiqua à Warren :
« Tu vois Warren, j'avais raison. Quand je l'avais vu, il avait disparu en une seconde... Mais... je n'avais pas vu la lune... »
Et elle continua en s'adressant cette fois à Mirta.
« Qu'aviez-vous ressenti en le regardant ? Moi, j'ai quitté la soirée. Demandez à Julian et Warren. C'est son regard qui m'a surtout interpellée. Comment a-vez-vous trouvé, son regard. ?

– Il fixe intensément du regard,
répondit Mirta, songeuse.

– Moi je trouve son regard, perçant,
insista Olivia. »

Ce que Mirta n'avait pas osé raconter à ses amis et surtout à Julian, c'est qu'elle était en train de devenir de plus en plus anxieuse, du fait que le mystérieux personnage ait jeté un coup d'œil sur sa montre. Sans fin, elle était en train de se demander pourquoi il avait réagi ainsi. Et le manque de réponse à cette énigme, la tourmentait. En plus, elle n'arrivait point à dégager cet homme de ses pensées. Celui-ci l'attirait énormément.

Ayant fini de siroter leur boisson, le groupe quitta la table pour se rendre dans le jardin. Olivia alla indiquer à ses amis, l'endroit exact... là où le jeune homme lui était apparu. Et plus tard, on entendit sonner au portail, c'était le serrurier. Julian et Warren allèrent l'accueillir et décidèrent de rester avec lui, pour le regarder travailler... Pendant ce temps, Olivia et Mirta en profitèrent pour rester causer seul à seul.

« Êtes-vous mannequin ?
demanda Olivia.
– Oui,
répondit Mirta,
tu peux me tutoyer ! Tutoyons-nous.
– OK, je préfère... Mais changeons de sujet. Pourrais-tu me raconter avec plus de détails, ce qui s'était passé vers vingt-trois heures, hier soir ?
demanda Olivia.
– D'après moi, je pense que j'ai déjà tout dit... Mais je pense que tu pourrais plutôt me poser des questions.
– Remarque que je préfère. Comment était-il habillé ?
– Il portait un jean et un chemisier blanc presque tout déboutonné, il était sans cravate.
– Moi j'ai vu aussi qu'il avait des cheveux longs et lâchés. Était-il comme ça quand tu l'avais vu ?
demanda Olivia.
– Oui et il me regardait avec un regard très perçant, comme s'il voulait lire dans mes pensées.
– Il m'a aussi fixée des yeux,
répondit Olivia, satisfaite.
N'as-tu pas exagéré quand tu as parlé de la façon dont il avait disparu ?
– Non, pas du tout. Il a disparu quand la lune s'était dégagée et quand il m'avait fixée des yeux, la lune n'était pas visible parce qu'elle avait été éclipsée par des nuages. Mais ça pourrait être qu'une coïncidence, je pense... j'espère !!

expliqua Mirta.
- Moi je l'avais vu disparaître vite, comme un éclair.
- Comme je l'avais expliqué, je l'ai vu disparaître peu à peu presque comme de la fumée, c'était comme si son corps s'était affaissé... Et il regardait sa montre.
- Moi, je ne l'ai pas vu regarder sa montre. Il est apparu, comme il a disparu, après le souffle du vent,

raconta Olivia, espiègle.
- Je ne sais pas comment il est apparu, parce que j'avais les yeux fermés à ce moment là ; c'est en les rouvrant que je l'ai vu. Et à ce moment là, la lune n'était plus visible à cause d'un passage nuageux. J'en suis sûre. Dommage que Julian n'ait rien vu... »

répondit Mirta, pensive. Et peu après elle continua :
« Il était en train de m'embrasser sur le cou. Et il a cessé quand il voulait savoir, à qui je parlais ; puisque j'avais demandé à cet homme, s'il n'était pas un nouveau voisin. Mais Julian me disait qu'il n'y avait personne. En fait, lui il ne l'a pas vu. C'est curieux !
- Ah! J'ai dessiné le portrait de ce jeune homme. Si tu passes chez moi un de ces jours, je te le montrerai.
- Ah ! C'est bien ! Tu dessines bien ? Tu aimes dessiner ?
- J'avais pris auparavant, des cours de dessin. Surtout ne dis rien à Warren, à propos de mon dessin, je ne veux pas le rendre jaloux. Je dessine souvent tout ce qui me touche... En tous cas, je suis rassurée de ne pas avoir été la seule à l'avoir vu.
- Qui ?
- Ben... L'homme dont tu nous as parlé ! »

Et les deux jeunes filles continuèrent à converser en

attendant Julian et Warren, plutôt préoccupés pour le moment, pour cette affaire des changements de serrures.

Pendant ce temps, chez monsieur Dimitri B., Cassy était mi-boudeuse et mi-contente respectivement à cause de Julian et de Valera. Elle s'était installée dans une chambre d'ami que Valera lui avait préparée. Adrian avait été invité pour le déjeuner. Il se trouvait donc parmi eux, chez son frère. Pendant que la domestique cuisinait, Valera et Cassy se faisaient chacune une beauté. Elles avaient alors occupé la salle de bain. Après avoir fait leur soin du visage, elles se mirent à réfléchir sur leur coiffure idéale. Adrian et Dimitri quant à eux parlaient de leur vie de tous les jours. Ils pensaient à leur sœur Abby, vivant à Long Island. Elle venait d'enfanter des jumelles. L'accouchement se serait très bien passé. Et elle aurait donné naissance à deux jolies petites filles rousses. Finalement Dimitri et Adrian se réjouissaient pour leur sœur. Celle-ci avait épousé un homme d'origine texane.

« Abby m'avait raconté qu'ils déménageraient, probablement d'ici deux ans,
indiqua Adrian.
- Oui, elle m'en avait parlé mais je ne suis pas sûr que ce soit en deux ans... enfin passons.
- Et Cassy, comment va-t-elle ?
- Il me semble qu'elle va mieux. Elle n'est plus seule maintenant. J'ai appris récemment qu'elle devrait avertir Julian, du moment choisi, pour qu'elle puisse aller chercher ses autres effets personnels. J'ai l'impression qu'elle commence à l'oublier, elle est avec Valera... et Valera est contente. Et moi je pourrai ainsi travailler beaucoup plus... Valera voudrait bien qu'elle reste encore quelque temps avec nous,

le temps d'oublier Julian... Il vaut mieux éviter de la laisser seule, il faut que sa blessure se cicatrise.

– Ah... Oui ! Je vois, je comprends. »

Mais ce qu'Adrian n'avait pas osé demander à son frère, c'était la véritable raison pour laquelle Julian aurait abandonné, cette jeune fille, pour une autre.

Ainsi, les quatre amis passèrent ensemble une bonne journée... Cassy semblait oublier Julian, de seconde en seconde...

Pendant ce temps, dans l'autre villa occupée par le groupe considéré comme étant redoutable, l'affaire des changements de serrures fut résolue. Tout le monde était satisfait, on se sentait enfin beaucoup plus tranquille et surtout Julian devrait être prévenu à l'avance, quand Cassy viendrait... En plus, il régnait un temps estival ; une ravissante journée ensoleillée se prononçait pour nos deux couples. Ceux-ci eurent une bonne idée de prendre leur déjeuner en plein air. Et pendant leur repas, de la musique ne manquait pas pour animer l'atmosphère.

Plus tard au soleil couchant, dans les alentours de vingt-et-une heures, Olivia se trouvait dehors avec Mirta dans le jardin, juste à l'endroit où était apparu le mystérieux jeune homme. Et elle ne ressentit pas vraiment de l'effroi concernant les lieux. Cependant, puisqu'elle était désormais consciente que Mirta avait vu l'étrange personnage, un germe de frayeur alors, s'installa dans son esprit. En plus, peu à peu, il en fut de même pour Mirta. Ainsi conduites par la peur, les deux femmes rentrèrent dans la maison pour y rejoindre chacune leur « conjoint », en train de faire une partie d'échec, en écoutant leurs musiques préférées.

Olivia dut supplier Warren de rentrer, sous prétexte qu'il allait se faire tard. Son compagnon acquiesça. Ainsi le couple prit congé et partit.

En cours de route à bord de leur voiture, Warren étant au volant, roulait bien placidement. À côté de lui, Olivia ayant instantanément posé sa tête sur son épaule, signala :
« J'ai fait un portrait de l'homme que Mirta et moi avions vu.
– Ah ! Tu me le montreras. Alors as-tu encore peur ? Et comment trouves-tu Mirta ?
– Je l'aime bien, elle est gentille. Je suis soulagée. Et elle a vu comme moi l'homme en question. Mais j'ai peur puisque si elle l'a vu... c'est que le type existe vraiment !
– Ouais ; c'est un peu pour ça que tu m'as demandé de rentrer ?
lui demanda-t-il avec humour.
– Tu rigoles, mais ce n'est pas drôle du tout »,
répondit Olivia, à la fois inquiète et amusée.

Un peu plus tard, Adrian ayant passé une bonne soirée chez son frère, avait déjà quitté la villa. Il roulait à bord de son quatre-quatre. Il était environ un peu plus d'une heure du matin. Il avait projeté de faire une grasse matinée, puisqu'il bénéficiait maintenant de six bonnes semaines de vacances. Durant tout le trajet, il n'avait pas cessé de se demander, pourquoi Julian avait abandonné Cassy ; si bien qu'il commençait à envisager de le lui demander.
Il écouta de la musique et alluma son climatiseur, parce qu'il régnait pleinement une chaleur intense. Il s'arrêta enfin près d'une luxueuse résidence ; puisqu'il demeurait dans un appartement, tout comme Mirta. Toutefois, il ne s'agissait pas du même lotissement.

Ayant alors ouvert à distance en moyen de sa télécommande, un portail d'entrée donnant accès à une petite cours et un parking ; il y entra et y gara tranquillement sa voiture. Après avoir éteint tout ce qui avait été activé dans son véhicule, il sortit avant de fermer à clé, la portière. Traversant posément la cours de l'immeuble, il se dirigea vers l'une des entrées, conduisant à son appartement. L'éclairage public était faible. Et le ciel étant assez étoilé, se trouvait parsemé de nuages... dont certains demeuraient responsables de la non visibilité de la lune.

Mais alors qu'Adrian marchait, il vit le beau jeune homme mystérieux se déplacer à pied, en s'approchant de lui. Le visiteur allait à la direction opposée, vers la sortie du côté du portail. Adrian n'avait pas compris d'où venait l'individu. Mais il ne s'en inquiéta pas pour autant, puisque pendant un instant en marchant, il avait été amené à baisser les yeux pour ranger son téléphone portable dans une des poches de son pantalon. Pour lui, il ne pouvait s'agir que d'un simple résident du bâtiment ou d'un homme ayant été rendre visite à au moins un, des occupants de l'immeuble. Juste au moment où ils allèrent se croiser, Adrian lui adressa vaguement et amicalement le bonsoir, mais le jeune homme se contentant de le fixer des yeux, ne lui répondit pas. Assez contrarié, Adrian continua tout de même à marcher en se demandant pourquoi l'individu lui avait jeté un regard plus qu'insistant. En arrivant enfin à la porte d'entrée de la cage d'escalier se raccordant à son appartement, il regarda en direction de l'endroit, où il avait croisé ce mystérieux jeune homme. Ce dernier avait disparu. Adrian comprenait alors que ce personnage devrait marcher très vite, compte tenu de l'heure tardive ; ce qui était selon lui tout à fait normal. Donc, pas d'inquiétude. Toutefois, il avait été interloqué par son regard qu'il trouvait trop pesant. Pourtant, il avait la sensation que l'individu ne lui voulait aucun mal... En plus, il s'était souvenu d'une de ses voisines qui lui avait confié, qu'elle était tombée amoureuse d'un jeune homme... Et ce jeune homme aurait le même signalement que ce mystérieux individu. Il conclut alors qu'il pouvait bien s'agir de ce garçon qui d'ailleurs, aurait été probablement visiter cette jeune femme.

Adrian mort de fatigue, gagna son appartement, situé au troisième étage. Il finit par entrer dans sa chambre et alluma la lampe de chevet. Il s'étendit sur le dos en se laissant tomber sur son lit tout en fermant les yeux... Plutôt ravi, il souriait tout en se remémorant les meilleurs moments de sa journée...

Sommaire

Prologue 5

Chapitre I
Trouble-fête 7

Chapitre II
Près du mont Shuksan 15

Chapitre III
Un accroc 23

Chapitre IV
Au Mont Baker 29

Chapitre V
La forêt d'épicéas 35

Chapitre VI
Qui est là ? 39

Chapitre VII
Surveillance inutile ? 45

Chapitre VIII
Surprise aux chandelles 65

Chapitre IX
Un grand accroc ….…..75

Chapitre X
Le sosie …...95

Chapitre XI
La surprise …...109

Chapitre XII
Le curieux intrus   …..141